L'HÉRITIER

Tere Michaels

L'HÉRITIER

TERE MICHAELS

Publié par
DREAMSPINNER PRESS

5032 Capital Circle SW, Suite 2, PMB# 279, Tallahassee, FL 32305-7886 USA
www.dreamspinnerpress.com

L'héritier
Copyright de l'édition française © 2019 Dreamspinner Press.
Titre original : The Heir Apparent
© 2017 Tere Michaels.
Première édition : octobre 2017
Traduit de l'anglais par Sully Holt.

Illustration de la couverture :
© 2017 Taria Reed Digital Artist.
www.TariaReed.net
Les éléments de la couverture ne sont utilisés qu'à des fins d'illustration et toute personne qui y est représentée est un modèle

Édition e-book en français : 978-1-64405-328-7
Édition imprimée en français : 978-1-64405-329-4
Première édition française : mai 2019
v 1.0

Édité aux États-Unis d'Amérique.

I

DANS L'APPARTEMENT du 15 Central Park West, Henry Walker observait le soleil se lever depuis le sol de sa chambre, là où il s'était allongé à cause d'une insomnie. Il soupçonnait le luxueux tapis blanc d'avoir adopté la forme de son corps après toutes ces nuits passées à observer la silhouette des immeubles de New York clignoter par-dessus les arbres de Central Park. Sans même tourner la tête, Henry sut que, dans moins de deux minutes, son alarme allait se mettre à sonner avec insistance, que sa journée en tant qu'héritier de Norman Walker était sur le point de commencer.

Les draps étaient entortillés autour de lui, rejetés hors du lit où il avait cessé de contempler le plafond vers trois heures du matin. Henry se tourna à temps, arquant son long bras pour désactiver l'alarme juste avant qu'elle ne se déclenche à six heures.

La pratique mène à la perfection.

Il se défit des couvertures, roulant sur lui-même jusqu'à être étendu sur le sol de sa chambre telle une étoile de mer, nue, sans grande dignité. Loin de ressembler à la prochaine couverture du *New York Business Weekly*, il s'enfonça au contraire dans le tapis, s'y coulant un peu plus profondément...

... imaginant qu'il plongeait jusque dans le sol pour se dissimuler...

Son réveil de secours – situé dans la cuisine, ce qui l'obligeait à se lever – se mit à pépier, chassant instantanément la bizarrerie de ses pensées.

Ainsi démarra son mardi, comme tant de mardis avant celui-là. Les rouages de son existence étaient en mouvement et il avait un planning à respecter.

C'était le moment de se doucher. S'il omettait l'après-shampoing, il aurait peut-être encore le temps de se masturber.

LES MARDIS signifiaient que son père était à son bureau. Ils étaient synonymes de costumes Hugo Boss bleu marine et de cravates gris tourterelle ennuyeuses, de souliers en cuir perforés et de pochettes carrées qui ne devaient pas être « trop criardes ». Il était en train d'avaler quatre gaufres – aux céréales et sans sirop d'érable, Dieu que sa vie était déprimante –, debout au-dessus de l'évier, quand son téléphone se mit à biper. Il l'ignora. Norman n'envoyait jamais de message. Son assistante, Kit, était encore dans le métro, et la sonnerie particulière n'annonçait personne à qui il ait vraiment envie de parler. Jackson DeForrest III était bien trop compliqué à gérer avant d'avoir absorbé une sérieuse dose de caféine.

Et c'était triste que cet acte de défiance implique qu'il se cache derrière son propre téléphone.

DANS L'ASCENSEUR, il consulta sa montre (7:01) puis le BlackBerry de son bureau, son iPhone devenu silencieux dans sa poche, toujours en mode « ignorer Jackson, insupportablement ennuyeux ». Même avec les bouchons, fléau de Manhattan à cette heure de la matinée, ils devaient être capables de traverser la ville pour arriver à temps au bureau.

Les portes s'ouvrirent alors que l'ascenseur atteignait le hall d'entrée. Henry se raidit, releva le menton et redevint Norman Henry Walker III tandis qu'il s'avançait sur le sol de marbre noir.

— Monsieur Walker, le salua le portier, effleurant devant lui son chapeau rouge ornementé.

— Bonjour, Carlos, murmura Henry, ajustant la sangle de sa sacoche sur son épaule.

— La voiture est là, monsieur.

Carlos ouvrit les lourdes portes de verre du 15 CPW vers la rue.

— Merveilleux.

Il tira ses lunettes de soleil de sa poche et les enfila, affectant un air riche et ennuyé d'homme d'affaires, alors qu'il marchait dans la lumière de mai.

— Le temps m'a l'air parfait aujourd'hui, monsieur.

La déférence de Carlos était favorisée par sa voix de baryton tandis qu'il marchait aux côtés de Henry jusqu'à l'extrémité du tapis, étonnamment immaculé, qui menait au trottoir.

— Heureux de l'entendre.

Un Hummer noir tout à fait détestable, aussi propre et lustré qu'un modèle d'exposition, était garé au bord tandis que son chauffeur en faisait le tour pour lui ouvrir la portière. Le monstre ressemblait à un tank déguisé pour prétendre être adapté à la ville.

— Monsieur, dit Archie avec froideur, ses Ray-Ban et larges épaules drapées d'une lourde veste noire lui conférant un air dangereux alors qu'il actionnait la poignée.

— Archie, dit Henry, poliment formel. Bonne journée, Carlos.

— Monsieur.

Archie claqua la portière après lui. Henry prit une seconde pour reprendre son souffle dans la pénombre, caché derrière les vitres pare-balles teintées. Sa performance était si artificielle qu'il craignait toujours de tomber sur un réalisateur et des caméras.

Archie grimpa sur le siège avant et alluma les lumières à l'arrière.

— Prêt, monsieur ? demanda-t-il de sa voix monotone digne du majordome de *La Famille Addams*.

— La ferme, rétorqua Henry en lui faisant un doigt d'honneur.

En riant, Archie vérifia les rétroviseurs et s'inséra dans la circulation en direction des bureaux de WalkCom International.

Sa boisson matinale attendait dans le compartiment prévu à cet effet, un grand mélange à la fragrance fruitée provenant de l'épicerie dont Henry s'était entiché, située près de l'appartement d'Archie dans Greenwich Village. Une émotion brûlante grandit en lui alors qu'il sirotait son thé tout en lisant la dépêche matinale sur le trajet.

D'après les rapports, WalkCom souhaite diffuser les bénéfices enregistrés cette année, en dépit du climat financier défavorable. Les industries mondiales du secteur de l'énergie et de l'acier font reculer la récession d'une manière qui ne peut être décrite que comme miraculeuse.

Le PDG de WalkCom, Norman Walker, est récemment revenu d'une lune de miel prolongée aux Maldives avec sa quatrième épouse, Liberty Frank Walker. Walker se remet actuellement de sa seconde crise cardiaque qui a eu lieu en novembre dernier, et a reconnu vouloir étudier l'idée de se retirer des affaires.

— À quel moment le *New York Business Weekly* est-il devenu l'*Enquirer* ? demanda Henry, jetant le petit magazine brillant au sol.

L'obsession de la presse à propos de la santé de son père réveillait toutes sortes de sentiments désagréables chez lui. Il chassa une poussière invisible de son pantalon, croisant, puis décroisant les jambes.

3

— De nouveaux racontars sur le cœur du vieil homme ?

Henry pouvait sentir Archie l'observer dans le rétroviseur, mais il ne leva pas les yeux.

— Oui. On parle plus de ça et de Libby que de nos chiffres, marmonna-t-il. Les pages « Société » couvrent le mariage ; et nous n'avons pas besoin d'un nouveau résumé à chaque histoire.

— Ils ne comprennent pas pourquoi vous êtes toujours dans le business alors que tous les autres passent leur temps à droite et à gauche.

Sans la moindre hésitation, Archie prit une autre rue, klaxonna un taxi qui flânait et tourna sans prévenir à un feu orange.

Henry expira, sa frange légèrement trop longue effleurant ses yeux.

— La raison, c'est mon père. Ils devraient montrer un peu plus de respect.

— Bois ton thé et détends-toi. Sa Majesté est dans son bureau aujourd'hui et je suis sûr que tu portes la mauvaise cravate.

Archie s'esclaffa à sa propre plaisanterie ; il rit encore plus fort quand Henry frappa son siège. Comme s'il pouvait sentir quelque chose. Comme si Henry pouvait le frapper suffisamment fort pour remuer le mur de briques qu'il était.

— Toi aussi, tu devrais montrer un peu plus de respect, dit-il sans grand enthousiasme.

Archie lui fit un doigt d'honneur à son tour.

Bien trop tôt, ils s'arrêtèrent devant le bâtiment d'avant-guerre sur l'Upper East Side qui abritait la société de son père, et le seul moment un peu léger de sa journée s'acheva.

— Une bonne journée, monsieur, murmura Archie alors que Henry se glissait hors du siège arrière. Soyez un bon garçon.

Henry se tortilla pour le cogner dans l'estomac, mais dut se réfréner. Se comporter comme un voyou devant les vigiles pourrait sembler… bizarre.

LES GARDES lui sourirent comme à leur habitude alors qu'il se dirigeait vers l'ascenseur privé qui l'emporterait jusqu'aux étages supérieurs.

— Bonjour, dit-il poliment, le regard errant sur la feuille de chou serrée dans sa main.

Bien sûr, il aurait pu l'abandonner sur le sol et laisser Archie la ramasser, mais il se sentait coupable chaque fois que son ami-amant-Archie devait nettoyer derrière lui.

Les mensonges au sujet de la retraite de son père continuaient à le travailler tandis qu'il attendait l'ascenseur. Norman venait tout juste d'avoir soixante-deux ans. Il préférait éviter de penser à son second infarctus et à ses implications – parce qu'ignorer les probabilités était ce que son père faisait de mieux. Et Henry ne pouvait imaginer un univers que son père n'ait pas bouleversé en menaçant tout le monde pour s'y construire un chemin jusqu'à la réussite.

La porte de l'ascenseur s'ouvrit et le gardien, un vieil homme très sympathique nommé Neil, le salua de la tête alors qu'il s'avançait à l'intérieur de la cabine.

— Monsieur Walker, siffla-t-il en refermant les portes et en appuyant sur le bouton.

— Neil, répondit fermement Henry en fourrant le journal dans sa sacoche en cuir.

Il sortit son téléphone de la poche de son costume pour vérifier les messages qui avaient pu s'accumuler ces trois dernières minutes sur le trajet entre la voiture et son bureau.

Peut-on se voir ce soir ?

Henry fronça les sourcils face à son écran. Il était en son pouvoir de répondre à Jackson en lui expliquant qu'il n'avait aucune envie de le voir. En réalité, Henry aurait aimé que Jackson égare son numéro et oublie son existence.

Bien évidemment, il ne pouvait pas faire ça.

Impulsivement, Henry pressa la touche d'appel et entendit la connexion, la sonnerie, puis quelqu'un décrocha. Une voix furieuse retentit par-dessus le bruit de la circulation de New York et une chanson de Pantera se déversa des enceintes.

— Tu réalises qu'on était dans la même voiture à l'instant ? Je te manque déjà ?

— Si peu.

Ce qui était un mensonge.

Neil pivota vers lui et lui fit un sourire crispé.

— Qu'y a-t-il ?

— David est en train d'essayer de me caser avec quelqu'un…, commença-t-il avant d'être interrompu par le ricanement d'Archie. La ferme, reprit-il en ignorant un autre message provenant de son BlackBerry, d'après la vibration.

— J'essaie d'imaginer avec qui David Silver, roi des meilleurs amis, aurait envie de te caser, dit Archie. Un avocat fiscaliste ? Le propriétaire d'une équipe de Lacrosse professionnelle ? L'incarnation humaine de la couleur beige ?

Henry tenta de ne pas ricaner.

— Il travaille dans les relations publiques pour le club de polo Lambert.

— Seigneur…

— Je dois sortir avec lui au moins une fois, n'est-ce pas ? Nous nous sommes parlé au téléphone et il est très… enthousiaste.

Il avait envie d'effacer de son esprit son air flatteur – tout autant que les dix derniers jours de textos reçus.

— Je ne veux pas me montrer impoli.

Henry entendit Archie jurer contre un conducteur, puis une série de coups de klaxon agressifs.

— Mais… peut-être que tu pourrais le faire pour moi.

Le bruit de l'avertisseur s'évanouit dans l'air.

— Invite-le à dîner. Je l'y conduirai. Il se pissera dessus avant qu'on arrive au restaurant.

Sa voix coula de façon douce et sexy à l'autre bout du fil. Elle rappela à Henry l'époque où ils étaient adolescents, quand son acolyte parvenait à le convaincre de faire quelque chose d'illégal. Il rendait les choses si plaisantes et les conséquences en valaient toujours la peine.

— Vas-tu laisser ta grosse arme sur le siège avant ?

Ça sonnait de façon un peu perverse. Du moins, ce que Henry souhaitait.

— Elle sera dure. Tellement dure. Si bien que ça pourrait même devenir contre-productif. Une fois que Beige McPolo aura jeté un œil à mon… bagage… tu devras peut-être l'arracher… de moi.

— Tu n'es qu'un imbécile. Rappelle-moi de te mettre à la porte un peu plus tard.

6

Le rire moqueur s'interrompit quand Henry coupa la communication, mais il se sentait légèrement plus détendu alors que l'ascenseur carillonnait.

HENRY TRAVERSA la suite de WalkCom située au dernier étage du bâtiment, adoptant de nouveau une attitude plus sérieuse. Aucune trace de chrome, de verre ou d'art moderne dans la société de Norman Walker – non, toute la décoration se déclinait dans des tons militaires, des touches de bois chaud, de lourds meubles en chêne et des scènes bucoliques anglaises encadrées de dorures.

Son bureau ressemblait à celui d'un avocat des années cinquante à la mode d'Hollywood.

Des employés se déplaçaient autour de lui et parlaient d'une voix étouffée, entrant et sortant d'une petite cuisine avec de lourdes tasses de café bien chaud. Il y eut beaucoup de signes et de sourires à son attention ; il savait comment se faire des amis, avoir de l'influence sur les autres. En partie grâce à son charme naturel, en partie grâce à la formation intensive d'héritier de la fortune dispensée depuis sa naissance. Sans parler du fait que tous savaient qu'un jour, il deviendrait le patron.

— Bonjour Maria, dit-il en passant devant la vieille secrétaire de son père.

Elle se tenait au bord de son bureau, sur le point d'annoncer son approche comme si elle l'avait attendu. Son tailleur bleu marine sans âge et ses chaussures pratiques évoquaient la faille temporelle dont était issue la société de son père. Il l'imaginait très bien posséder le même look trente ans plus tôt lorsqu'elle avait débuté ici.

— Henry.

Elle prononça son nom comme l'aurait fait un professeur avec un enfant imprévisible, mais charmant. Le même ton qu'elle employait depuis qu'il avait cinq ans.

— Est-il là ?

Il fit une pause, ses yeux effleurant les lourdes doubles-portes qui protégeaient son père du monde extérieur.

Le regard de Maria se posa sur l'énorme console téléphonique de son bureau.

7

— Oui, mais il est au téléphone, dit-elle gentiment. Puis-je vous apporter un thé pendant que vous patientez ?

— Non, merci. Je serai dans mon bureau. Prévenez-moi lorsqu'il sera libre.

Maria lui sourit affectueusement.

— Oui, Henry, bien sûr. Je vous appellerai dès qu'il lui sera possible de vous parler.

Il venait d'être officiellement remercié. Il songea qu'il aurait pu rappeler à Maria qu'il n'était plus le petit garçon dans son uniforme d'école, qui mangeait des cookies et buvait du thé au lait à son bureau pendant que son père passait « juste un appel de plus ».

Ou pas. Ça n'arriverait probablement pas avant que son propre géniteur ne cesse de le traiter comme tel.

Après un dernier signe à l'attention de Maria, Henry pivota et retraversa le petit couloir près de l'aire d'accueil. Son bureau faisait l'angle, mais c'était également le plus petit à cet étage, tout au bout du corridor qui abritait la zone de stockage du serveur et la réserve. Le « futur PDG » n'avait pas forcément besoin de quelque chose de plus grand dans l'esprit de son père.

Ce dernier – durant les longues leçons enseignées sur l'humilité et l'importance de payer ce qu'on devait – lui avait appris que même un héritier se devait de gagner sa vie.

— Hé, Kit, lança Henry en débouchant de l'angle.

Des cheveux courts, rouges et bombés surgirent de sous un bureau maladroitement coincé devant la porte de son bureau, suivie par le reste de son assistante.

— Bonjour, Henry.

Kit Kelly avait un morceau de bagel dans la bouche et se débrouilla pour ne pas s'étouffer avec pendant qu'elle le saluait.

— Des messages ?

— J'ai parcouru votre messagerie. Il y en a à peu près une cinquantaine, ils sont sur votre bureau. Vous avez un rendez-vous à dix heures avec David, à onze heures avec Xavier Pense…

Ils esquissèrent tous deux la même grimace à l'idée de subir une réunion avec le plus ancien membre du conseil d'administration ou « le vieux fanfaron » comme Kit aimait l'appeler.

— … un autre à midi avec les avocats, puis un déjeuner avec votre père et enfin une réunion tactique sur l'accord de Medlow.

— Est-ce que j'ai droit à de la vraie nourriture aujourd'hui ?

Henry pénétra dans son bureau, Kit, dans son éternelle robe noire et son cardigan, sur les talons. Elle sautilla sur un pied, se trémoussant sur ses talons hauts comme des gratte-ciels et ne répondit que par un rire. Son père était contraint de suivre un régime insipide médicalement recommandé, ce qui incluait du poulet bouilli et des carottes à la vapeur servis dans la salle à manger d'affaires.

— Non, désolée. Je m'arrangerai pour vous apporter un en-cas entre onze heures et midi.

— Merci.

Kit alluma les lumières – pas de néons chez WalkCom – et Henry laissa tomber sa sacoche sur la minuscule chaise en cuir placée en face de son gigantesque bureau. La monstruosité était une antiquité, l'instrument de travail de quelque duc ou marquis, un meuble que son père lui avait offert pour son vingt-et-unième anniversaire et son entrée dans « les affaires de la famille ».

Il était peu commode, de la taille d'une Volkswagen, et Henry serait probablement coincé avec jusqu'au jour de sa mort. Tel un immense symbole à l'odeur de renfermé.

Sérieusement, il devait bien comporter au moins huit cents tiroirs. Il ne cessait d'y égarer ses stylos.

— Très bien, commençons, soupira Henry alors que Kit retournait vers son bureau pour y prendre un carnet de notes et un stylo.

La vieille horloge de bureau indiquait huit heures dix. Il était déjà en retard.

— Voilà.

Kit lui tendit un hot-dog enveloppé d'une serviette tandis qu'il traversait le couloir en marchant et en courant à moitié.

— Vraiment ?

— Hmmm, le bon goût de New York ! Probablement de la viande provenant d'un animal !

9

Kit lui tendit une serviette et une bouteille d'eau minérale tout en glissant ses dossiers sous son bras.

— Non, vraiment.

— La salle à manger n'a rien à emporter. Et non, ça n'arriverait pas si quelqu'un approuvait la présence de distributeurs automatiques à cet étage, marmonna Kit.

Son besoin en sucre chaque jour à quatorze heures était un sujet largement évoqué dans les conversations.

— Votre père vous voulait dans son bureau il y a dix minutes, donc votre réunion avec les avocats est repoussée à midi vingt.

Elle se déporta à l'embranchement du couloir et Henry essaya de manger sans mettre de la moutarde sur son costume à six cents dollars.

Maria était assise, tapant sur son ordinateur de l'ère jurassique. Elle s'était tout récemment – et à contrecœur – débarrassée de sa machine à écrire.

— Henry, dit-elle avec un léger reproche dans la voix pendant qu'il mâchait sa nourriture aussi vite que possible.

Il avala le dernier morceau de hot-dog et vida la bouteille d'eau.

— Une pastille de menthe ? toussa-t-il et Maria ouvrit le tiroir du haut.

Elle lui tendit un bonbon enveloppé dans du papier, le tenant avec réticence comme si elle se devait de prendre garde à sa consommation de sucre.

— Merci.

Il s'essuya la bouche, lissa les plis de son costume et vérifia ses cheveux dans le reflet du bureau brillant de Maria.

— Allez, allez, dit-elle.

Henry se redressa et frappa à la porte de son père.

— Entrez !

Norman Walker avait soixante-deux ans et était, Henry en était convaincu, taillé dans l'acier qu'il vendait. N'importe qui observant son géniteur assis derrière son imposant bureau, habilement revêtu de différentes nuances de gris, encadré par la lumière du soleil, avec un air déterminé sur le visage, ne pouvait croire une seule seconde aux rumeurs de retraite. Son père n'abandonnerait son bureau que le jour où il rendrait son dernier souffle – probablement dans une centaine d'années.

Henry redressa son dos afin qu'il soit bien droit, sourit platement et pénétra dans la tanière du lion.

— Henry, fit son père sans lever les yeux du dossier ouvert devant lui.

Son fils prit rapidement place dans le siège situé devant le bureau et choisi pour être inconfortable.

— Père.

La plaisanterie cessait ici ; ils étaient au travail et lorsque c'était le cas, personne n'introduisait de notion sentimentale autour des relations familiales, ce qui n'avait pas de sens aux yeux de Henry. Même lorsqu'ils étaient seuls, son père évitait toute manifestation de chaleur ou d'affection. Il se rappela alors la seule étreinte qu'il avait reçue quand il était sorti diplômé de Harvard.

L'agenda du meeting était tapé à l'ordinateur – par Maria – et son père lui en passa une copie, levant finalement les yeux vers lui.

— Es-tu prêt ? demanda-t-il et, étrangement, Henry sentit que cette question sous-entendait plus que d'habitude.

Il cligna des yeux, puis secoua doucement la tête.

— Oui, bien sûr. Nous pouvons démarrer avec l'accord des Malaisiens.

Norman grogna en réponse.

Et leur journée – comme tous les jours depuis que Henry avait rejoint la société cinq ans plus tôt – démarra.

UNE HEURE passa, puis deux. Henry perdit brièvement sa voix. Il sut qu'il avait raté quelques points sur la présentation d'une potentielle analyse de projet lorsqu'il se leva pour se servir un verre d'eau à la carafe en verre poli posée sur le chariot de bar.

Son téléphone était dans son bureau, mais il savait que Kit avait replanifié son après-midi, informant sèchement ses autres rendez-vous qu'il était avec Norman, ce qui représentait un véritable joker pour être libéré de n'importe quelle réunion. Personne ne posait de question.

Il commença à avoir de plus en plus chaud, transpirant sous la veste de son costume. Dans un autre monde, les gens travaillant aussi dur dans une pièce illuminée par le soleil, sans air conditionné ou même une fenêtre ouverte, se seraient déshabillés pour rester en chemise. Ils auraient remonté leurs manches et desserré leur cravate. Dans un autre monde, il y aurait eu une pause pour se rendre aux toilettes, davantage de glace dans le seau et peut-être aussi de la caféine.

Mais Henry ne vivait pas dans ce monde-là et il n'avait même pas déboutonné sa veste.

Ce fut le soulagement quand un coup frappé à la porte fut suivi par son ouverture, sans même attendre la réponse de Norman.

Seule une personne en avait suffisamment dans le pantalon pour le faire.

Le parrain de Henry et bras droit de Norman, David Silver, pénétra tranquillement dans la pièce, véritable incarnation de la jovialité aux cheveux argentés.

— Seigneur, Norman ! Il fait au moins quarante degrés ici !

Il ouvrit la porte, se penchant par l'ouverture pour appeler Maria.

— Maria ! Voulez-vous, s'il vous plaît, allumer la climatisation ?

Tout comme précédemment, il ne s'embêta pas à attendre une réponse.

Norman eut une moue de mécontentement, mais David l'ignora, se laissant tomber dans le second siège inconfortable.

— Sommes-nous prêts pour la réunion de demain ?

Non, personne ne plaisantait chez WalkCom.

Norman et David se lancèrent dans une discussion à propos de leur rencontre programmée le jour suivant avec de potentiels nouveaux investisseurs, laissant Henry servir ses trois doigts de Macallan habituel à David. Parfois, son job ressemblait plus à un stage en entreprise qu'autre chose.

Trente minutes plus tard, une accalmie se produisit dans la conversation ; Norman remit en place sa haute pile de dossiers afin de s'assurer qu'ils avaient couvert tout ce qu'il souhaitait, même après avoir étudié l'agenda. Ce qui laissa David et Henry assis côte à côte jusqu'à ce que le sourire de son parrain devienne démoniaque.

— Alors… As-tu appelé Jackson ? demanda David, aussi innocent qu'un agneau alors qu'il pivotait vers lui.

Un rapide coup d'œil à son père lui assura qu'il n'y avait aucun changement dans son expression pendant qu'il balayait son bureau des yeux une fois de plus, son obsession compulsive bien trop manifeste alors qu'il s'assurait de n'avoir rien oublié.

— Nous avons parlé plusieurs fois. Je vais organiser un dîner..., commença Henry.

— Pas ce soir. Tu dînes avec Libby et moi à la maison.

La voix austère de Norman coupa l'air de la pièce comme un couteau.

— Oh. Bien sûr.

Henry lutta pour paraître enthousiaste, bien qu'il éprouva une certaine forme de soulagement à l'idée d'avoir une autre excuse pour éviter Jackson.

— Ça me paraît très bien.

— Eh bien, ne le fais pas attendre trop longtemps. C'est un jeune homme très bien qui vient d'une bonne famille.

La facilité qu'avait David à évoquer aussi ouvertement son homosexualité face à son père lui serra la gorge, comme s'il venait d'avaler une assiette de crevettes. Il éprouvait toujours une réaction allergique – sueurs froides, respiration difficile, joues brûlantes – quand son orientation sexuelle était agitée sous le nez de son père. Ils n'en parlaient pas. Jamais.

Mais David s'en fichait. David n'avait rien à perdre ; son argent avait permis à WalkCom d'exister. Le père de David et le grand-père maternel de Henry avaient été des amis proches depuis l'enfance, et quand Norman avait repris l'affaire, il avait été impératif que les deux jeunes hommes joignent leurs forces. David, pour prouver qu'il était plus qu'un héritier et Norman... eh bien... Norman ne possédait aucun pedigree, juste un cerveau et un intense désir de succès. Ils n'auraient jamais pu y arriver l'un sans l'autre.

— Je m'arrangerai pour que ça se produise dans quelques jours, murmura Henry en sentant la sueur couler sous ses cheveux.

— Fais-toi d'abord couper les cheveux. Norman, comment peux-tu accepter cela ? le taquina David, frappant le bureau en se relevant. Profitez de votre soirée, messieurs. Je suis libre pour la journée.

— Nous passerons te prendre demain matin à huit heures trente précises, dit Norman, ses premiers mots après un silence incroyablement long. Ne sois pas en retard.

David fit un geste de la main, puis frappa Henry dans le dos en sortant.

Le silence qui s'attarda derrière lui parut brutal.

— Tu as d'autres réunions, dit Norman

Ce n'était pas une question, il connaissait l'agenda de Henry aussi bien que le sien.

— Oui.

Henry se tortilla sur sa chaise.

— Rentrerons-nous ensemble… ?

Norman secoua la tête avant que la question de son fils ne soit entièrement posée.

— Sois là-bas vers dix-huit heures. Libby prépare le dîner pour qu'il soit servi à dix-huit heures vingt.

— Oui, monsieur.

Il attendit d'être remercié – se mit à compter en silence – puis reçut le signe l'autorisant à partir.

Il avait atteint la porte, la main posée sur la poignée dorée, quand Norman s'adressa de nouveau à lui.

— Arrange-toi pour organiser ce dîner avec cette… personne. Il serait impoli d'ignorer la recommandation de David.

— Oui, monsieur, répondit Henry, se glissant à l'extérieur dans le couloir frais et libre – autant qu'il pouvait l'être – loin du bureau de son père.

Dix-sept mots. La chose la plus proche concernant l'homosexualité de son fils que son père exprimait en dix ans.

Sur des jambes en coton, Henry retourna à son bureau, hébété.

ARCHIE BANKS inséra le SUV dans la circulation du soir – cet unique mélange de folie sur l'Upper East Side qui incluait des touristes, les résidents et les hommes d'affaires engorgeant les trottoirs et remplissant les restaurants qui s'alignaient dans le voisinage prospère. L'hiver avait cédé la place à un avril pluvieux et, à présent, à un mois de mai bien trop chaud pour la saison. Personne n'avait envie de rester à l'intérieur. Archie se gara illégalement devant le bâtiment de WalkCom, adressant un geste à travers la vitre à la contractuelle qui patrouillait dans le secteur.

Elle lui retourna un sourire ravageur. Sans l'obliger à se déplacer.

Henry lui avait envoyé un message un peu plus tôt – sa journée avait été interrompue sans qu'il ait d'explication. L'horloge sur la console indiquait 16:55 ; il ne s'attendait jamais à ce que Henry soit en avance, alors il lança Metallica ainsi que la climatisation et desserra sa cravate. Il espérait un trajet rapide en fin de journée : laisser Henry quelque part, rentrer chez lui pour s'habiller et dîner chez sa mère, préparer le repas avec elle, puis retourner à son appartement avant vingt-deux heures pour terminer ses devoirs. Le lendemain, il devait se lever tôt à cause d'un rendez-vous professionnel à Westchester.

Ce qui signifiait que Monsieur Walker lui ferait grâce de sa présence. Il ne devait pas oublier de faire la poussière sur le siège arrière – et de s'assurer que ce serait Mozart, et non pas Metallica, qui serait joué quand il lui ouvrirait la portière.

Henry, l'unique fils de Monsieur Walker, était beaucoup moins difficile à vivre. Mais, en même temps, Archie n'avait jamais taillé de pipe à Monsieur Walker senior dans le parking souterrain du Met.

De bons, de très bons souvenirs. Henry combiné au champagne, ça finissait toujours par produire de bons souvenirs. À cet effet, Archie avait chipé bien des bouteilles d'excellentes bulles dans le cellier du domaine.

Il sortit le livre qu'il était en train de lire – *L'amour aux temps du choléra* – pour l'un de ses trois cours en ligne, et tourna les pages usées jusqu'au chapitre dix. La lecture n'était pas une chose à laquelle il avait généralement le temps de se consacrer, et son diplôme en commerce international ne mettait pas vraiment l'accent sur l'importance du réalisme magique. Mais, parfois, les options étaient limitées lorsqu'il était question de sélection. Cependant, ça n'était plus si important – plus maintenant. Pour la première fois en six ans, il n'aurait plus à s'interroger sur le « prochain semestre ». Encore quelques petites semaines. Un dernier effort et il serait libre.

Bientôt, il aurait un boulot qui ne l'obligerait plus à posséder un permis de port d'arme et un uniforme.

Sa recherche d'emploi avait commencé des mois plus tôt. Il avait envoyé des lettres et des candidatures à une myriade de sociétés de New York. Il avait passé beaucoup d'entretiens, décroché peu de deuxièmes rendez-vous, mais à sa grande joie, Ferelli et Fils l'avait rappelé pour un troisième rendez-vous, prévu le surlendemain.

C'était sa chance de se tirer, d'aller quelque part où personne n'attendrait de lui qu'il joue les portiers et fonce dans la circulation lors d'une course à l'aéroport. Ferelli et Fils était une petite société d'import qui cherchait à étendre ses opérations vers l'Asie. Le plus important, c'est qu'elle n'entretenait aucun business avec WalkCom. C'était une chance pour Archie de démarrer une nouvelle vie. Il avait attendu ce type d'opportunité tellement longtemps. Il pouvait déjà sentir la saveur du changement.

À la fois merveilleuse et terrifiante, WalkCom avait signé ses chèques depuis ses dix-sept ans, et même si prendre soin des gens riches était difficilement le rêve de sa vie, c'était tout de même une forme de foyer quelque part.

C'était aussi là que vivait Henry. Son excitation s'évanouissait toujours en réalisant que, où qu'il aille, Henry n'y serait pas.

Son téléphone vibra quelques minutes plus tard. C'était le signal que Henry était en chemin et qu'Archie avait à présent un rôle à jouer.

Il lissa son costume – spécialement taillé pour s'accorder à ses larges épaules et à sa silhouette d'un mètre quatre-vingt-dix-huit – et réajusta sa cravate. Il remit ses lunettes de soleil en place, pour dissimuler son regard amusé, et se glissa hors du siège conducteur en étirant exagérément son corps musclé.

Certains gardes du corps se fondaient dans la masse pour profiter de l'effet de surprise. Archie préférait montrer rapidement sa force aux yeux de tous.

Il fit le tour du véhicule, s'appuyant contre la porte d'un air dangereux, faisant jouer ses muscles sous le poids de son costume. Les gens qui se déplaçaient le long du trottoir ne faisaient pas attention à lui en général, mais quelques touristes lui adressèrent des regards alarmés.

Archie Bank avait l'air terriblement effrayant.

Une seconde plus tard, Henry se précipita vers les portes d'entrée, ses cheveux blonds légèrement trop longs lui retombant dans les yeux alors qu'il se pressait vers la voiture comme si les chiens de l'enfer étaient à ses trousses. Archie se glissa dans son rôle de chauffeur, lui ouvrant la portière d'un mouvement sec tandis qu'il se rapprochait.

Son patron leva les yeux au ciel en passant devant lui.

— Pervers.

— Oh, je ne m'en lasse pas.

Archie soupira en claquant la portière, manquant de peu les chaussures de Henry.

— Merci pour la demi-journée. On rentre ? demanda Archie en s'installant sur le siège conducteur, verrouillant les portes et baissant le volume épique de *Enter Sandman* avant que Henry ne souffre de se voir infliger de la vraie musique.

— Non, malheureusement. Apparemment, je dois me rendre à un dîner avec Norman et Libby.

Henry avait l'air tout sauf enthousiaste et Archie vérifia la température.

— Devons-nous attendre ton père ?

Il se sentit légèrement paniqué – il ne portait pas sa meilleure cravate et il était convaincu que le siège arrière aurait dû être nettoyé.

— Non. Norman va prendre l'autre voiture ; nous sommes supposés nous retrouver là-bas, dit Henry. Arrêtons-nous en route pour acheter du vin. Et peut-être des fleurs ?

— Pas de problème.

Archie s'éloigna du trottoir.

— Tu dois d'abord te changer ?

— Pourquoi ? J'ai l'air fripé ou quoi ?

Les sourcils de Henry formaient un V à l'envers qu'Archie trouva étrangement attirant pendant qu'il l'observait dans le rétroviseur.

— Oui, c'est le cas.

Durant une fraction de seconde, il se sentit ennuyé de n'avoir pas réussi à trouver de meilleure insulte. *Bon sang.*

— Sa Majesté n'allumera pas la climatisation avant que quelqu'un ne se transforme en flaque d'eau. Alors, peut-être auras-tu envie de porter moins de vêtements.

Henry soupira dramatiquement en se frottant le visage.

— Très bien. Dépose-moi à mon appartement, et si tu pouvais t'occuper du vin et des fleurs et me récupérer quand tu auras fini, ça me serait d'une grande aide. Ça ne devrait pas nous mettre trop en retard.

Archie hocha la tête, dépassant les colonnes de taxis et de banlieusards pour s'insérer dans la file de gauche.

— Est-ce que tu vas rester à la maison, ou dois-je t'attendre ?

Il démarra rapidement dès que le feu passa au vert, se dirigeant vers West End Avenue, là où l'appartement de Henry était situé.

— Je vais rester, je pense.

Henry fronça les sourcils dans le rétroviseur.

— Est-ce que ça risque de te causer des problèmes ?

Archie ne répondit pas. Ça allait chambouler son emploi du temps et annuler de nouveau un autre dîner prévu avec sa mère. Et repousser la préparation de son entretien au lendemain étant donné qu'il n'aurait pas le temps de courir jusque chez lui pour y prendre son ordinateur portable. Encore une fois.

— Mon temps est ce que tu décides d'en faire, finit-il par dire.

— Ce n'est pas ce que je t'ai demandé.

— Je mangerai chez Magnus, puis je finirai mon livre.

Il haussa les épaules, revenant rapidement à un ton beaucoup plus formel.

— Ce n'est pas une réponse, marmonna Henry en regardant dehors par la vitre, le froncement toujours présent.

Archie leva les yeux au ciel ; il avait toujours été incapable d'ignorer Henry lorsque ce dernier se mettait à bouder de façon théâtrale. Pas plus maintenant que lorsqu'ils étaient gosses.

— C'est bon. Tu m'en devras une, le taquina-t-il d'une voix plus douce.

Un léger sourire erra sur les lèvres de Henry alors que leurs regards se croisaient dans le rétroviseur.

— Tout ce que tu voudras, murmura Henry.

Il s'humidifia lentement les lèvres.

Archie se débrouilla pour garder le Hummer sur la chaussée.

— Marché conclu. Maintenant, arrête de froncer. Il ne te reste que quelques années avant d'avoir la peau marquée par les rides, dit-il avec une grimace.

— C'est noté.

Mais Henry était définitivement satisfait en allumant son téléphone et en commençant à faire défiler l'écran.

ARCHIE TOURNAIT devant l'entrée du bâtiment, désœuvré. Il y avait trois bouteilles de Château Malescot St Exupéry dans la glacière portative posée sur le sol, devant le siège avant. Ainsi que deux douzaines d'hortensias violets emballés dans du papier vert et couchés près de lui. Il baissa le volume de Pantera qui explosait dans le Hummer.

Il vérifia l'horloge du tableau de bord et récupéra son téléphone. Sa mère devait être rentrée de sa thérapie à l'heure actuelle, et il avait besoin de la prévenir qu'il ne serait pas là pour le dîner.

Encore.

— Allô ?

— M'man, c'est Archie.

Evelyn Banks glissa de son accent britannique fort et réservé à un roucoulement léger en dix secondes à peine. De longues années passées à répondre aux appels d'autres familles en tant qu'employée lui avaient donné ce ton affecté si artificiel – sauf quand c'était sa fierté et sa joie qui l'appelait. Et comme monsieur Walker n'avait pas embauché une Britannique pour rien, elle s'assurait de ne jamais perdre une miette de son accent.

— Archie, mon cœur. Je viens juste de rentrer à la maison, mais j'ai mis du bœuf et des pommes de terre à cuire pour toi.

Il pouvait l'entendre traîner les pieds dans la petite cuisine de son appartement de Brooklyn, ainsi que le tapotement de sa canne et la manière dont elle traînait son pied sur le sol. Toutes les discussions du monde n'avaient pu la convaincre de venir vivre avec lui en ville après son accident vasculaire cérébral ; elle aimait sa liberté et elle aimait aussi prétendre qu'Archie avait besoin d'intimité dans ses relations.

Si seulement elle savait.

Archie ferma les yeux, tentant de modifier le ton de sa voix pour en effacer la déception.

— Ça m'a l'air délicieux, dit-il gentiment. Mais j'ai peur d'avoir à travailler ce soir, maman. Est-ce que je peux plutôt venir demain pour un déjeuner tardif ?

Il capta un léger soupir dans sa respiration.

— Bien sûr, mon chéri. Appelle-moi quand tu seras sur la route et je réchaufferai le plat, ajouta-t-elle avec sa gaieté factice habituelle. Te rends-tu à la maison cette fois ?

— Oui. Henry doit dîner avec monsieur et madame Walker.

La froideur à laquelle on l'avait habitué durant sa jeunesse perça dans sa voix.

— Nous n'allons pas tarder.

— Ah. Très bien. Je comprends. Le devoir t'appelle.

Evelyn savait de quoi elle parlait.

— Passe le bonjour à Magnus pour moi. Je ne l'ai pas vu depuis tellement longtemps.

— Je le ferai.

Archie se redressa, jetant un œil rapide vers l'entrée. Avec son sixième sens, il réalisa qu'il devait retourner travailler.

— Écoute, je dois y aller, maman… Henry arrive.

— Dis-lui bonjour de ma part à lui aussi, lâcha-t-elle d'un ton sec. Dis-lui que je lui cuisinerai sa tarte aux pommes favorite s'il laisse mon garçon avoir un jour de congé de temps en temps.

— Oui, m'man, dit Archie en riant. Je t'aime.

— Je t'aime aussi, Archie. À demain.

Il éteignit le téléphone et le rangea dans la console. Un ajustement à sa cravate et il se glissait déjà à l'extérieur pour rejoindre Henry sur le trottoir.

— Tu as tout ? demanda ce dernier en déplaçant ses bagages.

Il lui tendit son sac de nuit, puis accrocha la housse de son costume à l'intérieur du véhicule.

— Tout est prêt. Nous devrions y aller.

Archie ouvrit la portière, grimaçant secrètement en réalisant qu'il n'avait pas son nécessaire de toilette. Il y en avait un de plus au domaine, mais c'était toujours désagréable de ne pas avoir ses affaires personnelles.

— Il est dans mon sac. Ton nécessaire de toilette supplémentaire, murmura Henry en prenant place sur le siège arrière, sa voix adoptant un ton bas alors qu'il n'y avait personne autour d'eux pour l'entendre. Je sais que tu n'as pas pu rentrer chez toi.

— Oh… Merci.

20

Archie rougit légèrement, gêné – et ravi – par ce geste plein de prévenance. Ils n'étaient pas comme ça. Ils ne faisaient jamais rien l'un pour l'autre, contrairement aux couples ordinaires. Parce qu'ils n'étaient pas en couple, en dépit du kit qui se trouvait dans l'appartement de Henry. Et de l'uniforme de réserve qu'il y gardait aussi. Il ne s'autorisait pas à penser ainsi, et il était convaincu que Henry faisait de même.

— Aucun problème. Tu conduiras Norman demain, et personne ne souhaite qu'une inspection surprise tourne mal, le taquina-t-il en lui adressant un sourire magnifique alors qu'Archie refermait la portière.

Non, personne ne souhaitait que ça arrive.

HENRY S'APPUYA contre les sièges en cuir distingués, tentant de se détendre après l'agitation frénétique de la journée passée. Le bref moment passé avec son père continuait à l'obséder. Qu'il l'encourage à organiser un rendez-vous avec Jackson ne devait concerner que les apparences. Mais, peut-être que…

Oserait-il rallumer les braises de son rêve de jeunesse, quand il pensait encore que son père pouvait se rapprocher de lui ? Il comprenait sa froideur – son armure de chevalier contre le reste du monde qui l'avait pris de haut alors qu'il s'était battu pour accéder à cette position. Il comprenait sa raideur – l'attitude qu'il affichait pour renforcer son appartenance à ce monde d'argent. Il voulait que Henry soit fort, préparé et insensible à tout ce que ses ennemis pouvaient jeter sur sa route.

Mais son fils restait un être humain qui crevait d'envie que son père le voie. Le voie vraiment, par-delà les barrières de son héritage.

Alors, il avait rejoint la firme et attendu, il avait travaillé dur et attendu encore. Il s'était assis au chevet de son père et avait encore attendu. Un jour, il avait fallu revoir ce qui était de l'ordre de l'attente et ce qui n'était qu'entêtement à refuser de voir les faits.

Il n'en restait pas moins que Norman agissait étrangement depuis quelques semaines. Il y avait de brefs instants, des moments courts durant lesquels il semblait devenir quelqu'un d'autre. Henry commençait à se sentir paranoïaque et mal à l'aise à cause de son attitude. Était-il en train de se mentir à lui-même sur son état de santé ? Peut-être pouvait-il prendre une minute pour en parler avec sa belle-mère, s'enquérir de son bien-être ?

— Tu es bien silencieux, dit Archie en le tirant de ses sombres pensées.

— Désolé. Trop de choses en tête.

— Ah. *Chaque jour la même chose…* ?

Ils rirent tous les deux en se remémorant ce souvenir partagé pendant l'enfance, quand Magnus, le majordome, concluait chaque litanie sur leur mauvais comportement par cette phrase.

— Nous avons encore beaucoup de choses à préparer avant la réunion du conseil d'administration et cet autre meeting prévu demain. Et Père a laissé entendre qu'il voulait aller au Japon en juillet.

Sans vouloir avouer ses craintes tout haut, Henry vérifia une nouvelle fois ses messages. Kit lui avait promis de lui faire passer le résultat de ses recherches sur la société qu'ils étaient en train de racheter en Thaïlande.

— En juillet ?

Henry releva la tête ; les épaules d'Archie s'étaient soulevées d'un cran et sa voix adopta une note bizarre.

— Oui ?

— Je…

Archie s'interrompit et son comportement étrange ancra quelque chose de déplaisant au creux de son estomac. Il comprit.

— C'est vrai que tu passes des entretiens pour un travail.

Le ton froid, l'énonciation précise ; quand l'un se sentait mal à l'aise, l'autre devait forcément avoir l'air à l'aise.

Bien sûr, ça marchait mieux avec des gens qui ne lisaient pas en vous comme dans un livre ouvert.

— Oui, j'ai des entretiens. Je sais que je ne peux rien exiger quand il est question de mes obligations professionnelles, mais…

— Tu n'es pas obligé de venir.

Sa propre irritabilité le mit en colère. Ce n'était pas la faute d'Archie s'il profitait des opportunités à sa portée.

Ce dernier soupira.

— Si, je le dois. Si ton père insiste.

Henry avala sa salive, mais ne répondit rien ; il pouvait sentir un léger filet de sueur couvrir sa peau.

— Tu devrais commencer à chercher quelqu'un pour me remplacer.

Des mots si lourds qu'à la seconde où ils furent exprimés, la voiture parut se remplir d'effroi et de tristesse. Henry sentit sa gorge se serrer.

— Je verrai ça avec le service des ressources humaines, répliqua-t-il.

Archie soutint brièvement son regard à travers le rétroviseur, avant de reporter son attention sur la route.

Le restant du trajet se fit dans un silence tendu et horrible ; la réalité explosa comme un ballon. Henry éprouvait un terrible sentiment de honte… et la pression du temps qui s'écoulait.

TOUTES LES lumières étaient allumées lorsqu'ils arrivèrent devant l'entrée du manoir Tudor dans lequel il avait grandi. L'allée de gravier circulaire crissa sous les roues du Hummer comme ils se garaient près de l'étang aux lys entouré d'une haie et situé au bas des escaliers principaux.

Norman et Libby les attendaient, visiblement alertés par le système d'alarme déclenché au moment où la voiture avait dépassé les grilles de l'entrée, à mille cinq cents mètres de là.

— Fils, dit Norman alors qu'Archie ouvrait la portière et que Henry sortait.

— Père. Libby.

Il se hâta le long de l'allée et des escaliers pour embrasser Libby sur la joue. Elle était parfaite dans une jupe noire et un twin-set crème, ses cheveux aile de corbeau tirés en arrière comme une maîtresse d'école guindée.

— Tu m'as manqué, dit-elle gentiment, en serrant fort la main de Norman. Nous t'avons rapporté des cadeaux adorables de notre voyage.

— J'ai hâte de tout savoir.

Il plaça ses mains dans son dos.

— Allons-y, alors. Le dîner sera bientôt prêt. Archie ?

Norman, toujours aussi impeccable dans son costume de travail, se pencha derrière son fils.

— Apporte les bagages d'Henry dans sa chambre. Et tu pourras garer la voiture.

— Oui, monsieur.

Archie était retourné vers le Hummer. Sa voix était douce et Henry dut résister à l'envie de se retourner.

— Oh, attendez, j'ai oublié quelque chose, dit-il en pivotant pour se précipiter en bas des marches.

Archie se tenait au garde-à-vous. Ses yeux bleus étaient froids et n'étaient pas dirigés sur lui.

— Les fleurs et le vin, dit doucement Henry, conscient que son père et sa belle-mère l'observaient tandis qu'il s'arrêtait à une distance respectable de son amant.

— Siège avant, dit Archie.

Il se déplaçait déjà dans cette direction.

— Permettez-moi.

Henry prit une grande inspiration et le suivit de l'autre côté du Hummer, leur accordant ainsi quelques minutes d'intimité supplémentaire dans le crépuscule.

Archie était en train de sortir le vin de la glacière et le plaçait dans le sac. Henry s'autorisa une seconde de folie en lui touchant le poignet du bout des doigts.

— Je viendrai dans le bungalow près de la piscine, murmura-t-il tout en notant la manière dont Archie se raidit à ces mots. Père et Libby seront couchés à dix heures. Je redescendrai.

Archie lui adressa un regard pénétrant qui parut glisser sous sa peau.

— Ceci est digne d'une pièce de théâtre, Henry : toi, retrouvant le serviteur à la nuit tombée après le coucher de Sa Seigneurie, marmonna-t-il.

— Garde une bouteille. Emporte-la avec toi.

Henry préféra ignorer la répartie d'Archie.

Ce dernier ne répondit rien, mais il conserva une bouteille de vin dans la glacière et la referma dans un grand bruit.

Soulagé, Henry récupéra le sac avec le vin et le bouquet de fleurs. Sans un mot de plus, il repartit rapidement là où Norman et Libby l'attendaient.

— Désolé. Elles sont pour toi.

Henry tendit les fleurs à Libby.

— Et j'ai pris du vin pour le dîner.

— Nous avons déjà ouvert une bouteille.

Norman pivota pour se diriger vers la maison.

Libby le retint, un sourire ravi sur les lèvres pendant qu'elle prenait le bras de Henry.

— C'est très gentil de ta part. Ces fleurs sont magnifiques. Les violettes sont mes préférées.

Ils pénétrèrent dans la maison à la suite de Norman. Ce dernier adressa un signe discret au majordome crispé qui patientait comme une sentinelle dans le grand vestibule.

— Monsieur Walker.

— Magnus.

Le majordome aux cheveux blancs était une relique d'une autre époque, d'un autre temps ; il avait même précédé Norman dans la maison. À l'heure actuelle, personne ne connaissait son âge véritable, et personne – absolument personne – n'aurait osé le lui demander. Il arrivait tout juste à l'épaule de Henry, sa petite silhouette coincée dans son costume sombre habituel, avec plus de fils blancs et raides dans ses sourcils que sur sa tête.

— Pourriez-vous donnez ceci à Hilary afin qu'elle les mette dans l'eau ? demanda Libby en lui tendant le bouquet.

— Oui, madame. Le dîner sera servi dans une dizaine de minutes.

— Le timing est parfait, merci.

Ils poursuivirent, bras dessus bras dessous. Henry se demanda si Magnus et les autres membres de la maison trouvaient sa relation avec Libby trop intime. Il était convaincu qu'ils le pensaient hétérosexuel. Ou peut-être que, comme son père, ils n'y voyaient pas un sujet de conversation convenable.

— Comment s'est déroulé le trajet ?

— Calme. Peu de circulation, dit Henry. *Mon seul véritable ami va bientôt partir et j'ignore quoi dire ou faire à ce propos. Il nous arrive aussi de coucher ensemble de temps en temps, alors c'est un peu comme perdre la seule personne qui me connaisse vraiment.*

La salle de dessin se profila devant eux. Norman se tenait près de la cheminée et buvait son whisky habituel dans un verre taillé. Malgré son régime insipide, rien ne pouvait s'interposer entre lui et son verre du soir.

Le lustre en cristal au-dessus de leur tête dispensait juste assez de lumière pour que Henry distingue les monolithes de son enfance : le canapé en cuir et les bergères en velours doux couleur chocolat, les tables basses en noyer et les lampes en cristal. Il savait que sa mère avait décoré cette pièce pour son père peu de temps après leur mariage et rien, pas même un détail, n'avait été modifié, même alors que le reste de la maison subissait des transformations à chaque nouvelle madame Walker.

Cependant, cette pièce restait un mémorial depuis plus de vingt-trois ans.

— Oh ! Très cher, j'ai oublié de prévenir Archie de se servir en cuisine, s'affola Libby en abandonnant son beau-fils pour se diriger vers le bar.

— Il a grandi ici. Il sait où se trouve la cuisine.

Norman fit un geste vers Henry avec son verre.

— Tu bois quelque chose ?

— Non, merci.

Henry s'assit sur le canapé, le dos droit et les épaules relâchées.

— C'est très aimable de votre part, vraiment. Mais Père a raison. Si Archie oublie de venir dîner, Magnus enverra quelqu'un pour le lui rappeler. Ils ne le laisseront pas mourir de faim.

— Bien sûr. J'oublie parfois qu'il a toujours été dans les parages. Il est si calme et si sérieux ; était-il ainsi petit garçon ? demanda-t-elle sur le ton du bavardage, la voix légèrement nerveuse pendant qu'elle se perchait sur une chaise près de Norman en lui jetant des coups d'œil furtifs.

Henry se perdit dans ses propres pensées, se revoyant courir en tous sens avec Archie à travers la propriété, en se salissant bien trop au goût de sa nounou. Malgré toutes les réprimandes et les menaces de le répéter à son père, personne ne les avait jamais dénoncés – pas même lorsqu'ils avaient ramené des couleuvres dans leurs poches après une journée inoubliable passée à faire un safari près des marécages, et les avoir « accidentellement » perdues dans la bibliothèque. Les employés aimaient Henry, et ils n'étaient pas toujours d'accord avec les méthodes d'éducation strictes de Norman. Et comme il n'était quasiment jamais là, ils avaient tendance à se référer à ce que Camille aurait voulu – laissant Henry se comporter comme un enfant.

— Mon Dieu, non. Archie était plutôt une canaille. Toujours à entraîner Henry à faire des bêtises. Mais il a réussi à s'éloigner de tout ça en grandissant. L'influence de sa mère, sûrement.

Il y avait presque de l'affection dans la voix de Norman. Mais, elle disparut quand il reprit :

— Heureusement, ce garçon n'a pas fini comme son père.

— Philip est mort, Père. Nous ne devrions pas parler de lui comme ça, dit Henry d'une voix douce, baissant les yeux sur ses chaussures.

Archie détestait son père et aurait probablement été d'accord, mais ça lui paraissait immoral.

— Un bon à rien et un parieur.

Norman sirota sa boisson après avoir lâché ces mots.

— Peu importe. Archie a prouvé qu'il était un excellent jeune homme. Je serai navré lorsqu'il partira.

Henry se redressa légèrement.

— Lorsqu'il partira ? demanda Libby.

— Il a pratiquement terminé ses examens. J'imagine qu'il recherchera un travail digne de ce nom quand ce sera le moment.

Libby prit place dans le canapé auprès de Henry.

— Qu'étudie-t-il ?

— Le commerce international, répondit Henry d'un ton absent.

— Eh bien, dans ce cas-là, WalkCom devrait être la première à lui offrir un travail, dit Libby en riant. Je présume qu'il a un bon niveau.

— Il a tout réussi. Avec de bons résultats.

Libby lança un curieux regard à son beau-fils.

— Bien sûr. Il doit être très intelligent. Norman, pourquoi ne lui obtiens-tu pas une place dans ta société ?

Si son père avait su lever les yeux au ciel, il l'aurait sûrement fait à cet instant au lieu de maintenir une politesse contrôlée.

— Ma chère, c'est très attentionné de votre part. Mais, ça semblerait étrange de l'élever de cette manière.

Henry sentit son regard posé sur lui, en attente de sa réaction.

Il garda la bouche fermée.

Le visage de Libby se tordit.

— L'élever... ?

Elle secoua la tête.

— Il est intelligent et loyal, et il doit déjà connaître des milliers de choses à propos des affaires, sachant qu'il a vécu ici toute sa vie.

Henry aurait aimé avoir la force de souligner le fait que son père était parti de rien et avait fini par détenir une société de plusieurs millions de dollars en épousant Camille. Mais, leur relation ne fonctionnait pas de cette manière et Norman jouait le rôle du seigneur du château depuis si longtemps qu'il avait apparemment oublié ses débuts humbles à Dorchester, son appartement dans un immeuble sans ascenseur de Brooklyn et son diplôme à Baruch qui n'était offert qu'à titre honorifique.

En dépit du fait qu'Archie ressemblait plus à Norman que Henry lui-même, son père ne le verrait jamais autrement qu'à travers sa perception étroite des choses : un jeune homme forcé d'accepter un job de chauffeur pour payer les dettes de son père. Un ouvrier, pas l'un d'entre « eux ».

— Vous êtes adorable, Libby, dit Henry, calme et résigné. Mais, je doute qu'Archie accepte une telle offre. Il aura sûrement envie d'être ailleurs pour repartir de zéro, dans une société où personne ne le connaît en tant que chauffeur.

Libby – qui était elle-même partie de rien avant de devenir une décoratrice d'intérieur réputée – n'apprécia pas cette réponse. Néanmoins, elle comprit, car elle hocha la tête en poursuivant :

— Tu as raison. J'espère que tu pourras au moins lui offrir de bonnes recommandations.

— Bien sûr.

Norman termina son verre.

— Henry va s'assurer qu'Archie obtienne tout ce dont il a besoin lorsqu'il partira. Je doute qu'il lui faille longtemps avant de trouver une autre position.

Il vérifia sa montre.

— Henry, tu devrais rester en contact avec lui. Il pourrait s'avérer précieux dans le futur.

— Le dîner devrait être prêt, dit soudain Libby, se relevant et claquant des mains. Allons-y.

Henry resta assis sur le canapé, même lorsque Norman et Libby se dirigèrent vers la salle à manger. Une fois passé le choc des mots flatteurs de son père au sujet d'Archie, sa tête se mit à tourbillonner en réalisant le caractère inévitable de son départ. Archie ne ferait bientôt plus partie de sa vie.

La tristesse s'abattit sur lui comme un voile lourd.

II

HILARY SERVIT le dîner dès l'instant où ils furent assis : trois assiettes composées de nourriture insipide et saine qui poussèrent Henry à regretter douloureusement les tourtes à la viande de madame Banks. Songer à elle lui fit penser à Archie, bien sûr, et rendit le dîner terriblement long et difficile à supporter.

Il pouvait lui parler. À Archie. Lui dire qu'une fois son diplôme en poche et son premier job obtenu, ils pourraient se revoir. Comme des amis… ou plus.

En secret, toujours. Parce que la publicité qu'il y aurait autour de Henry sortant avec son garde du corps et chauffeur serait inacceptable pour Norman. Son père ne lui avait jamais parlé de mariage ou d'enfant, tout en sachant qu'il aurait trente ans d'ici quelques années. Cependant, même si ce n'était pas clamé haut et fort, il était clair que le patrimoine de Henry requerrait un héritier.

Peut-être était-ce la raison pour laquelle il l'encourageait à voir Jackson. S'il n'avait pas d'autre choix que d'accepter son homosexualité, il pouvait au moins obtenir un gendre avec des relations dans les affaires. L'estomac de Henry se tordit en y songeant.

Peut-être pouvait-il juste les envoyer balader et tout quitter, suivre Archie dans le monde et trouver son propre chemin. Durant une brève seconde, cette pensée le fit se sentir tout-puissant, tout en sachant pertinemment que ça signifierait abandonner derrière lui l'héritage construit non seulement par Norman, mais aussi par sa défunte mère, Camille, et son grand-père. La pensée qu'un jour tout cela lui appartiendrait représentait un cadeau lourd et paralysant.

Henry piocha dans le saumon et joua avec ses courgettes à la vapeur. Quatre bouchées plus tard, il en était à son second verre de vin, son col était trop serré et sa posture loin d'être parfaite. Heureusement, Libby parla des Maldives jusqu'au dessert et évoqua une obscure organisation artistique pour une collecte de fonds sans que Henry ait besoin de contribuer à la conversation.

Quand Hilary revint avec un gâteau des anges et des fruits frais, il soupira légèrement trop fort.

— Henry, quelque chose ne va pas ? demanda Norman d'une voix qui lui rappela des années enfuies depuis longtemps.

Redresse-toi, surveille tes manières, souviens-toi de qui tu es.

— Non, non, je suis désolé.

Il sourit et secoua la tête.

— La journée a été longue. Je crois que je pense trop au travail.

Norman fronça les sourcils, se penchant très légèrement sur sa chaise pour permettre à Hilary d'accéder à son assiette.

— J'apprécie ton inquiétude à propos de la société, mais nous sommes en train de dîner et tu fais probablement de la peine à Libby en ne l'écoutant pas.

Il hocha la tête lorsque Hilary lui servit quelques fraises sur son gâteau.

— Merci, Hilary.

La vieille femme fit le tour de la table pour se diriger vers l'assiette de Libby. Elle adressa un petit sourire à Henry pendant qu'elle s'inclinait.

— Merci, Hilary. Ça a l'air merveilleux, était en train de dire Libby. Et Norman a raison, tu as besoin de te détendre, Henry.

— Évidemment, toutes mes excuses.

Henry but encore un peu de vin, les yeux posés sur le lin couleur crème de la nappe jusqu'à ce que Hilary vienne pour le servir.

— Norman, j'étais en train de penser que nous devrions organiser quelque chose le week-end prochain, maintenant que nous sommes rentrés. Juste quelques voisins, ajouta Libby.

Henry profita des grognements évasifs de son père pour murmurer à l'adresse de l'employée :

— Je suis désolé, Hilary. Vraiment. Mais si je n'obtiens pas de vraie nourriture d'ici peu, la tête de chevreuil sur le mur du bureau va commencer à ressembler à quelque chose de comestible, murmura-t-il.

Hilary – bénie soit-elle – réprima un rire.

— Je vous ai gardé une assiette de civet et un peu de gâteau dans la cuisine, chuchota-t-elle en retour.

— Vous êtes la meilleure. Je vais m'y rendre d'ici peu.

Elle se redressa et quitta la salle à manger pendant que Libby s'efforçait toujours de persuader Norman d'organiser une fête.

— Tu viendras, Henry, n'est-ce pas ? demanda-t-elle joyeusement.

— Bien sûr, dit-il en enfournant rapidement un morceau de cake spongieux et sans goût.

MAGNUS ET Archie mangèrent dans la cuisine, perchés sur de hauts tabourets autour d'une lourde table en bois qu'on avait repoussée au fond de la vaste pièce. Hilary les rejoignit après que le dessert fut servi dans la salle à manger, rapportant une bouteille de vin provenant du petit réfrigérateur de sa chambre.

— Eh bien, pour quelle occasion est-ce ? demanda Magnus entre deux cuillerées de son délicieux civet.

— Pour rien, j'en avais juste envie, répliqua-t-elle sèchement en s'installant entre les deux hommes.

— Ils sont partis si longtemps, ça devait être sympa d'être au calme.

Archie prit l'initiative d'ouvrir la bouteille – un bouchon à vis – et versa une généreuse quantité dans chacun des verres à eau dépareillés.

— Oh, c'était le paradis. J'ai fait tout l'inventaire du stock, j'ai rempli le cellier et la cave à vin, j'ai fait mon grand nettoyage de printemps.

Elle prit une gorgée de vin et soupira avec bonheur.

— De vraies vacances.

— Je sais que ça date un peu, mais je suis pratiquement sûr que des vacances n'impliquent pas de passer l'aspirateur sous les lits, la taquina Archie tout en arrachant un gros morceau de pain au levain qu'il trempa dans l'épaisse sauce au jus de viande.

Magnus se mit à rire.

— Je suis montée plusieurs fois à l'étage et le silence était agréable, affirma-t-elle.

Elle déroula une serviette sur sa jupe bleu marine stricte.

— Madame Walker est adorable, mais je ne suis pas certaine que monsieur Walker se soit déjà habitué à moi.

— Ça ne fait qu'un an, lui rappela Magnus en levant son verre dans sa direction. Vous avez dépassé la période d'essai. Tout ira bien.

— C'est vrai.

Hilary n'avait pas l'air convaincue, le doute planant sur son visage agréable.

— J'ai peur de ne pas arriver à la cheville de ta maman, Archie.

Ce dernier sourit avant de se tamponner les lèvres avec sa serviette.

— Ma mère est une force de la nature et je reconnais ses talents en tant que gouvernante et cuisinière, mais, entre nous Hilary, vous vous en sortez très bien. Si ce n'était pas le cas, vous seriez déjà partie.

— Direct, rit-elle en récupérant sa cuillère.

— Vous avez dû remarquer que monsieur Walker reste toujours sur sa première impression et que changer d'avis, c'est comme modifier la trajectoire d'une tornade.

— Oh, j'avais remarqué.

Elle entama son dîner.

— Et il a apprécié le repas de ce soir...

Sa voix s'étouffa et elle ravala un rire.

— Quoi ? demanda Archie, totalement immergé dans son bol de civet et son verre de vin.

— Rien. C'est juste que... Henry a failli s'étouffer avec ce plat. Vous savez, je ne peux utiliser ni sel ni assaisonnements. Je lui ai dit que j'avais laissé de la vraie nourriture pour lui dans le garde-manger.

Hilary ne pouvait s'empêcher de sourire alors qu'elle remplissait sa propre cuillère de ragoût.

Archie grimaça et échangea un coup d'œil avec Magnus.

— Vous voyez, Hilary, vous êtes parfaite pour ce travail. Les employés ont toujours nourri Henry en douce depuis qu'il est gosse.

— Sa mère était très douée pour préparer deux repas et Henry n'a jamais été le plus sage d'entre eux, rit Magnus avec force, clairement amusé, en se servant un second verre de vin. Evelyn pensait que c'était un crime d'interdire les bonbons à cet enfant.

— Un édit qu'elle brisait très souvent elle-même, murmura Archie.

Il avait tant de souvenirs – bons ou mauvais – dans cette cuisine ; c'était dur de les séparer les uns des autres.

Sa mère préparant des biscuits et les cachant dans le grand bocal au fond du cellier. Henry et lui distribuant les deux gâteaux par jour auxquels ils avaient droit, partageant leurs friandises dans différents endroits cachés : le chêne près de la porte du fond, la grange abandonnée située à l'autre bout de la propriété.

— Evelyn était de nature généreuse.

La voix de Magnus était pleine d'affection.

— Elle voulait juste materner Henry après le décès de la première madame Walker.

— Comment est-elle…

Hilary s'interrompit et secoua la tête.

— Pardon.

Magnus soupira, faisant tinter son verre contre le rebord de son assiette en le reposant.

— Anévrisme, lui apprit-il en repoussant son assiette. Henry avait trois ans, presque quatre. Monsieur Walker se trouvait au Japon pour ses affaires. Ce fut une période terrible, horrible. La nounou, madame O'Malley – une femme épouvantable – surveilla Henry jusqu'au retour de son père et même après. Enfin… Dur d'enterrer sa femme tout en prenant soin d'un petit garçon et de ses affaires, lâcha Magnus de manière diplomatique. Ce fut une période difficile.

Archie détestait cette version de l'histoire. Sa mère ne travaillait au manoir que depuis six mois quand Camille Walker était morte. Elle était commis de cuisine, tentant de gagner suffisamment d'argent pour faire vivre Archie et son père qui se retrouvait constamment sans emploi. Durant les dix mois qui s'écoulèrent entre son embauche et l'arrivée de son fils et de Philippe au manoir, Evelyn était devenue gouvernante et avait fait du bien-être de Henry sa mission.

— Sois gentil avec le petit garçon, lui avait-elle dit. Sa maman est partie vivre auprès de Dieu au paradis et il se sent seul.

Il avait cinq ans et avait songé que l'idée de ne plus jamais voir sa mère était tout simplement horrible. Il avait donc fait de Henry sa responsabilité, de ses chaussures à lacer au défi de le faire sourire au moins une fois par jour.

Plus tard – après s'être fait des amis à l'école locale et avoir interagit avec d'autres personnes à l'extérieur de la propriété – il avait réalisé à quel point la maisonnée fonctionnait mal. Monsieur Walker était incapable d'obliger tous ses employés à respecter ses règles ridicules. Il en venait à négliger son unique enfant alors qu'il se jetait à corps perdu dans la construction de sa société, WalkCom, nouvellement renommée, afin d'atteindre des hauteurs prodigieuses. Madame O'Malley le volait, la gouvernante en chef était alcoolique… et Evelyn Banks n'avait pas la possibilité de s'éloigner de tout cela avec un enfant innocent placé en plein milieu.

— C'est terrible, dit Hilary, consternée par l'histoire de Magnus. Comme c'est triste.

— Oui, mais Henry s'en est merveilleusement bien sorti. Et j'espère que la nouvelle madame Walker se montrera aussi agréable qu'elle semble l'être, dit-il.

Toujours plus de diplomatie.

La deuxième madame Walker, et la troisième, avaient été de vrais cauchemars ambulants, poussant les gens à démissionner. Magnus et Evelyn avaient assisté à l'arrivée et au départ de plus d'une centaine d'employés au fil des années.

— Elle est sympathique, dit Archie en rassemblant son assiette, ses couverts et son verre. Hilary, c'était délicieux. Je ne dirai pas à maman combien votre pain était bon.

— Charmant, dit la femme plus âgée en secouant la tête.

Elle n'avait que quinze ans de plus que lui, mais il y avait quelque chose de sérieux et de réservé dans sa manière de déambuler dans la maison. Il savait que son époux décédé était militaire et que leur fils unique vivait au Japon, mais Hilary ne semblait pas vouloir partager plus de détails sur sa vie.

— Et il y a du gâteau au chocolat sur le comptoir.

— Oh non ! Encore plus de secrets à garder, la taquina Archie. Ça vous dérange si je l'emporte au bungalow ? J'ai des choses à étudier.

— Vas-y vite. Le café n'est pas prêt de toute façon.

— Je te l'apporterai plus tard, l'interrompit Magnus. Pendant ma promenade du soir.

— Vous me gâtez beaucoup trop ce soir. Mais je ne peux guère m'en plaindre.

Archie ramena le tout, rinçant son assiette dans le double évier avant de charger le lave-vaisselle industriel. Il jeta un œil par la fenêtre vers le patio du fond, à peine capable de discerner la piscine enterrée et l'espace au-delà, où se situait la maison de pierre qui lui servait de chambre quand il passait la nuit au domaine. Un avantage en nature. Son ancienne chambre faisait maintenant partie des appartements de Hilary et Sa Majesté – que Dieu lui pardonne – avait offert à Archie l'une des dix pièces destinées aux invités et disséminées entre le premier et le second étage.

— Hilary ?

La voix de Henry le fit sursauter. Archie pivota avec désinvolture et déposa son verre dans le rangement supérieur du lave-vaisselle.

— Henry… Vous êtes ici pour manger ? demanda-t-elle en quittant rapidement son siège pour accueillir le fils de son employeur.

— S'il vous plaît, ne vous levez pas. Si vous pouviez juste m'indiquer où se trouvent les assiettes.

Henry évitait de regarder dans la direction d'Archie.

— Je ne veux pas vous déranger pendant votre dîner.

— Elles sont juste ici, aucun problème.

Hilary se précipita vers l'un des trois micro-ondes posés sur le comptoir, ouvrant celui du milieu.

— Voulez-vous boire quelque chose ?

— Je vais prendre un soda dans le réfrigérateur, merci.

Il fit le tour du grand îlot placé au centre de la pièce, se dirigeant vers le frigo à double porte, l'un des deux que possédait la vaste pièce. Archie put sentir son regard tomber sur lui.

— Bon et chaud.

Hilary patientait au centre de la cuisine, indécise quant à l'endroit où placer l'assiette.

Archie referma le lave-vaisselle, puis s'essuya les mains sur un torchon.

— Je vais la prendre.

Henry traversa la pièce, mains tendues pour recevoir l'assiette de la gouvernante, sans cesser de sourire tout du long.

— Est-ce que ça vous gêne si je mange ici ?

— Oh, bien sûr que non.

Magnus se leva de son siège, enfilant sa veste dans le même temps.

—Vous pouvez prendre ma place, monsieur. Je dois aller fermer la maison pour la nuit.

— Merci.

Henry lança un rapide coup d'œil vers Archie par-dessus son épaule, mais ce dernier était occupé au-dessus de l'assiette à dessert, découpant une large tranche de gâteau pour lui-même.

Ça paraissait stupide d'agir comme si de rien n'était, tout en prétendant n'être qu'employeur et employé devant Magnus. Même si Archie n'agissait jamais comme si Henry était son amant, il pouvait au moins baisser sa garde. Montrer qu'ils étaient amis, prouver qu'ils avaient grandi ensemble. Mais ça n'était pas le script ; le jour où Archie était devenu un employé, tout avait changé. Dans cette maison, chacun était tellement enfermé dans son rôle que personne ne s'exprimait ni n'objectait jamais, Henry lui-même étant le coupable numéro un. Archie avait envie de secouer tout ça : de jeter la vaisselle, de jurer tout haut, de pénétrer en trombe dans la salle à manger et de dire à Norman de se détendre, ne serait-ce que pendant cinq putain de minutes.

Mais il ne le fit pas.

— Bonne nuit, alors, dit-il finalement en prenant une fourchette dans le tiroir à argenterie.

Henry et Hilary murmurèrent un « bonne nuit » depuis leur place et Magnus leva la main.

— Je t'apporte le café plus tard, lança-t-il et Archie lui adressa un grand sourire.

— Super !

Il se dirigea vers la porte de service avec son gâteau, se glissa rapidement et silencieusement à l'extérieur, pressé de retrouver l'air frais d'automne et de s'éloigner de l'atmosphère mensongère de la cuisine. Et de sa propre duplicité.

Il n'y avait pas d'autre explication : Henry était en mode furtif.

Il était au bas des marches de l'escalier central de la maison de son père, à minuit et demi, ses chaussures dans une main tel un adolescent déterminé à ne pas se faire repérer. Il ne s'était jamais senti aussi heureux que les appartements de Norman occupent une aile à part, bien éloignée de la sienne. Ni que son père et sa belle-mère se mettent religieusement au lit à vingt-deux heures, ce qui signifiait qu'ils étaient probablement endormis et ne risquaient pas de le trouver en train de se glisser insidieusement à travers le vestibule et la cuisine vers la porte de service.

C'était terrible et indigne, voilà ce que c'était.

Henry étouffa l'envie de tourner les talons – parce que la seule chose pire que de devoir se faufiler dans la maison de son enfance alors qu'il était adulte, c'était de se voir harceler par sa conscience et retourner au lit. Il étouffa son besoin inné de suivre les règles – les règles de son père – alors qu'il déconnectait l'alarme à l'arrière de la maison, puis se glissait à l'extérieur, dans la nuit.

Le pull qu'il avait enfilé était une bonne idée, un bon point dans la colonne de ses « excès de conscience », parce que la journée ensoleillée de mai était devenue glacée après la tombée de la nuit. Il fit une pause pour enfiler ses mocassins, se rencognant près de la porte, entre deux grands pots de végétation.

En l'absence de lumière dans le patio, il faisait noir comme dans un four dans l'espace situé entre la porte de service et celle du mur qui encerclait la piscine, mais c'était le foyer de Henry et il pouvait s'y déplacer les yeux fermés. À une certaine distance, il aperçut les lumières du bungalow, ce qui signifiait qu'il n'avait plus aucune raison de ne pas poursuivre sa route.

Silencieux, il fonça entre les haies de buis et descendit les dalles placées avec précision. Il atteignit le portail et le repoussa lentement, les mains agitées sur le vieux verrou en cuivre. À cette distance, personne ne pouvait l'entendre de la maison, mais il songea que ce n'était guère raisonnable non plus d'attirer Archie hors de la maison des invités, armé et prêt à repousser les intrus.

Henry n'était pas un intrus ; il était juste un faux jeton.

L'eau de la piscine était immobile, toujours sous sa protection d'hiver. Toutes les chaises longues et les tables avaient été rangées dans la remise pour y passer les mois glacés, jusqu'à ce qu'elles soient de nouveau nécessaires pour les réunions d'été.

Comme Henry atteignait la maison, une structure assez importante qui coûtait probablement une somme à six chiffres dans ce type de voisinage, il se figea. La tension nerveuse se répandit dans son ventre. Le même type d'hésitation qui l'avait empêché de prendre des milliers d'autres chemins dans sa vie. Frapper à cette porte était synonyme de confrontation et mènerait à une conversation qu'il appréhendait.

La chose la plus sûre et la plus intelligente à faire aurait été de retourner au manoir et de prétendre que tout allait bien.

Mais, si Henry était un lâche, il n'était pas stupide. Il secoua la tête et avala sa salive tout en franchissant les derniers mètres jusqu'à la porte rouge du bungalow. Ses coups furent fermes et déterminés.

Encore un mensonge.

— J'arrive.

La voix d'Archie était étouffée par l'épaisseur de la porte.

Cette dernière s'ouvrit et le jeune homme jeta un œil par l'interstice. Il avait troqué son costume pour un survêtement et un tee-shirt Gold's Gym abandonné lors d'un précédent séjour ; il était pieds nus et portait des lunettes à monture métallique qui firent légèrement sourire Henry.

Il était magnifique.

— Eh.

L'expression et la voix d'Archie étaient froides, mais il ouvrit la porte en grand pour le faire entrer.

— Il est tard.

— Je te dérange ?

Henry frôla son épaule au passage.

— Non, non. Je finissais juste de lire quelque chose.

La petite maison était décorée avec des objets abandonnés après les lubies de redécoration diverses et variées des nombreuses épouses Walker. Ça sous-entendait un fatras de canapés, de tables et d'objets d'art allant du style américain à la campagne française en passant par Louis XIV. Le tout ressemblait à un magasin très cher qui aurait eu un problème.

Archie disposait de plusieurs lampes allumées autour d'un espace carré aménagé par quatre grands sofas, chacun d'un style différent. Un lourd coffre en bois – résultat d'une phase peu judicieuse menée sous le signe de l'Inde de l'ouest et instaurée par sa seconde belle-mère – était placé au centre, la place d'Archie supportant son livre et la télécommande de la télévision. Une collection de coussins dépareillés était empilée à l'extrémité du plus grand canapé, une couverture en laine rejetée nonchalamment sur le côté. C'était le petit nid d'Archie pour étudier, confortable et chaleureux.

— Je t'aurais bien apporté une tasse de café…, commença Henry, parlant dans son dos tandis qu'il se dirigeait vers son confortable perchoir.

— Magnus est passé.

Archie fit un geste vers une délicate table d'appoint Reine Anne coincée entre deux canapés, avant de prendre un grand thermos argenté dans ses mains.

— Le majordome est venu m'apporter mon café – maman serait ravie de cette vision, taquina-t-il.

— Oh.

Henry fixa le sol, soudain submergé par le souvenir de son dix-huitième anniversaire, de ce bungalow près de la piscine et d'Archie volant une bouteille de champagne à huit cents dollars qui les avait entraînés sur un chemin déroutant.

Archie s'étendit sur le canapé, relevant ses jambes. Il batailla avec le thermos, puis se versa un peu de café dans une tasse métallique.

— Assieds-toi, tu me rends nerveux.

— D'accord.

La lourdeur appesantissait l'atmosphère, mais Henry n'était pas encore prêt à abandonner ni à retourner au manoir. Il avait vraiment l'intention d'aplanir la situation – du moins certaines choses.

— Tu voulais du vin ?

Le regard d'Archie tomba sur lui.

Henry secoua la tête, les mains agitées de chaque côté de lui alors qu'il tentait de se décider sur la conduite à tenir. Il devait choisir entre s'asseoir là où se tenait Archie ou se mettre ailleurs.

— Pas pour l'instant.

Il choisit le canapé sur lequel était assis Archie.

Les sourcils de ce dernier se soulevèrent, mais il ne fit aucun commentaire.

Ils se tinrent l'un près de l'autre dans un silence grave, uniquement brisé par le bruit du vent contre le portail au-delà de la petite maison.

— La semaine prochaine, tu devrais prendre un jour de congé pour te réconcilier avec Evelyn. Je suis sûr qu'elle était déçue que tu rates son dîner, lâcha finalement Henry.

Archie secouait déjà la tête.

— Elle comprend. Mieux que quiconque, vraiment.

Sa mère avait travaillé pendant plus de vingt-cinq ans en tant que gouvernante des Walker, et seul l'accident vasculaire cérébral de l'année précédente avait ralenti les soins qu'elle portait à la famille.

Henry joua avec le bord de son pull pour s'occuper les mains.

— C'est bien. Mais j'insiste, OK ? Tu as besoin d'un jour de repos.

— Oui. Monsieur.

Archie adopta un ton plus bas avec un véritable accent britannique.

— Idiot, dit Henry avec affection. On dirait Norman.

Archie produisit un son ironique, puis sirota aussitôt après une gorgée de café.

— Quoi ?

— Rien.

— Quoi ? insista Henry.

Ils se connaissaient depuis qu'ils portaient des couches. « Rien » ne pouvait pas suffire.

Archie esquissa un geste ample avant de s'appuyer de nouveau sur les coussins.

— Tout ça est tellement… ridicule ici. Si superficiel. Des conneries à la *Downton Abbey*. Parfois, j'exécute des gestes pendant des heures avant de me rendre compte de leur inutilité. Comme conduire pendant une heure et demie sans raison.

— Il m'a demandé de dîner avec lui, l'interrompit Henry et, presque instantanément, il voulut revenir en arrière.

Parce que c'était effectivement ridicule et inconsidéré. Exactement le genre de choses que son père faisait régulièrement. S'il souhaitait réellement partager un repas avec son fils, il aurait pu le faire à Manhattan, après le travail. Pas dans le nord de l'État, pas en plein milieu de semaine et la veille d'une réunion importante.

Pas quand l'invitation sonnait plus comme une citation à comparaître qu'autre chose. Pas quand ça perturbait la vie de Henry et, par extension, celle d'Archie.

Bien sûr, il n'avait rien dit.

— C'est vrai, mais…

Archie s'interrompit, la tasse au bord des lèvres, ses yeux comme un océan de frustration.

— Je sais. Et je suis désolé de t'avoir éloigné de tes études et de ta soirée prévue avec ta mère. Je suis juste mauvais quand il faut lui dire « non ».

La révélation du siècle, ponctuée par un haussement de sourcils bizarre de la part d'Archie.

Henry se tortilla au milieu des coussins confortables du canapé. Ça lui paraissait déloyal de se plaindre au sujet de son père ; il n'était pas très doué pour ça, même lorsqu'il était d'accord avec ce que les gens disaient.

— Désolé, lâcha Archie en soupirant et en se penchant pour poser sa tasse sur la table. Je suis juste fatigué et j'ai beaucoup de choses en tête avec les examens qui arrivent.

Le silence revint. Le cerveau de Henry bourdonnait sous le coup de toutes les choses qu'il avait à l'esprit et il en eut le vertige ; il ferma les yeux sous le poids des souvenirs et des inquiétudes, sans parler des négociations qu'ils devaient clore dès le lendemain avec Breen Steel.

Et la discussion qu'il était venu ici pour avoir en premier lieu.

— Je suis désolé pour le truc dans la voiture, dit-il finalement, quand il en eut assez de se sentir lâche et ridicule.

Il était conscient – en particulier ce soir, après la discussion qu'il avait eue avec son père pendant le dîner – du peu de temps qu'il lui restait avec Archie.

Littéralement et métaphoriquement.

Archie secouait déjà la tête.

— Non, non. C'est moi qui ai mal réagi.

Son sourire aimable fléchit quelque peu. Il regarda ailleurs, ses yeux bleus fixés sur la bibliothèque de style Shaker située dans un coin de la pièce. Elle portait des statues de Bouddha assorties et des bateaux dans des bouteilles.

— Je veux en finir avec les études.

Archie reporta son regard sur Henry.

— Je suis fier de mes résultats, fier d'être diplômé dans quelques semaines – même si ça a dû me prendre deux fois plus longtemps.

Le « que toi » plana un instant dans l'air. Tant qu'ils étaient enfants, il était facile de prétendre que les choses n'étaient pas si différentes. Rien n'était factice : le fils du patron et le fils de la gouvernante, jouant et devenant meilleurs amis, c'était normal.

Jusqu'à ce que vous grandissiez et qu'apparaissent des choses comme l'ambition, les dettes et les responsabilités, et deux chemins différents à emprunter.

— Je suis si fier de toi, murmura Henry. Je sais que tu réussiras, peu importe ce que tu choisis de faire.

Archie ne répondit pas, mais son regard se verrouilla sur lui ; il le brûla et le laissa légèrement essoufflé.

— Ça, je n'en sais rien, dit-il au bout d'un moment. Garde du corps et chauffeur ne sont pas vraiment les meilleurs moyens pour savoir si je vaux quoi que ce soit en relations commerciales, ajouta-t-il légèrement, frottant ses paumes contre ses cuisses et regardant ailleurs. Je pourrais probablement bénéficier d'une recommandation de Monsieur Norman Henry Walker III.

— Tu sais que je ferai tout ce que je peux, répondit Henry d'un ton doux.

Il résista au besoin de toucher le pied d'Archie, si proche de sa propre jambe.

— T'essaies de te débarrasser de moi, hein ?

La plaisanterie était dite sans arrière-pensée, Henry le savait bien, mais après les discours pontifiants de son père plus tôt dans la soirée sur le fait qu'Archie allait voir si l'herbe n'était pas plus verte ailleurs… eh bien, c'était douloureux. Henry se raidit.

— Oui. Je n'arrive pas à imaginer où je trouverai quelqu'un capable d'ouvrir ma portière et de conduire le Hummer.

Il se mit à faire des déclarations pompeuses, ponctuées de mouvements de tête. Qui ne servirent qu'à faire tomber une lourde boucle de cheveux blonds dans ses yeux.

— Et de te baiser à corps perdu trois nuits par mois, répliqua Archie tandis que le regard de Henry s'étrécissait.

— Ça ne constituera pas une condition nécessaire à ton remplacement.

Archie l'observa par-dessus ses petits verres ovales. Un millier de mots non exprimés parurent rebondir entre eux – un moyen de communication simple qui résultait du temps passé ensemble durant leur enfance et même après.

— Bon à savoir, dit Archie d'une voix trainante, appuyant son pied contre la cuisse de Henry.

Aucun d'entre eux n'aborda le sujet qui fâche, pourtant gros comme une maison posée dans un, coin sur une bergère de style colonial près d'une lampe Tiffany. Que se passerait-il lorsqu'Archie serait diplômé et s'éloignerait ?

Les rendez-vous secrets ne se produisaient plus aussi spontanément quand vous deviez décrocher le téléphone et admettre que vous vous sentiez impliqué.

— N'aie pas une trop haute opinion de toi-même.

Il laissa sa main sur la cheville d'Archie, repoussant inconsciemment son survêtement pour atteindre sa peau toujours chaude.

— Je n'ai pas dit que tu étais… irremplaçable ou quoi que ce soit d'autre.

— Huumm.

La voix d'Archie s'adoucit pendant qu'il retirait ses lunettes et les repliait avant de les déposer près de son livre. Il se rassit, modifiant sa position afin de pouvoir s'appuyer contre Henry, hanche contre hanche. Ce dernier accueillit avec plaisir la manière dont son large corps glissa contre le sien. S'ils étaient incapables de trouver les mots justes pour communiquer comme deux adultes, ils pouvaient toujours utiliser leurs corps pour remplir le silence.

— Tu SENS tellement bon, murmura Archie en l'embrassant derrière l'oreille, repoussant du nez ses cheveux blonds.

Leurs douloureuses tentatives d'entretenir une conversation d'adultes finissaient généralement de cette manière, et il commençait à s'inquiéter d'avoir développé une réponse conditionnée à leurs discussions bizarres : l'excitation. Il changea de position pour se pencher sur son corps ferme et mince, s'appuyant d'une main sur un coussin. Lentement, il s'aventura jusqu'à sa gorge, léchant l'endroit où son pouls battait. Puis, il le suça gentiment.

Henry s'agita fébrilement sous ses mains ; Archie savait quand il voulait être maintenu, et quand il aimait que les choses aillent vite et soient rudes.

— Enlève tes vêtements, murmura-t-il quand sa bouche toucha le tissu.

Il releva la tête, à quelques centimètres des lèvres de Henry.

Les yeux bleu sombre de ce dernier s'éclairèrent d'une lueur brûlante. Un bout de langue rose titilla Archie au moment où il s'humidifiait les lèvres.

— Oblige-moi.

Ça n'était pas une question ; c'était difficilement une requête. Juste un chuchotement doux – à peine un murmure.

Cette fois, le canapé gémit quand Archie se déplaça et il soupira avec ennui. C'était bien plus simple lorsqu'ils étaient sur le gigantesque lit de Henry à Manhattan.

— Allons dans la chambre, alors.

Il l'embrassa au coin de la bouche, émerveillé par la douceur de ses lèvres, par la courbe masculine de sa mâchoire. Peu importe la part de gènes, de magie ou de chance qui était entrée dans la conception de Henry, il en serait toujours reconnaissant.

S'ensuivit une bousculade lorsqu'ils se levèrent avec des intentions lubriques et des érections douloureuses. Archie suivit Henry jusque dans la seconde pièce du bungalow : une minuscule chambre à coucher qui contenait à peine assez d'oxygène pour eux deux ainsi qu'un lit étroit coincé sous les fenêtres.

Archie avait passé son bras autour de la poitrine de Henry pour le garder serré contre lui. Il actionna l'interrupteur d'un geste sec avec sa main libre, projetant de légères formes lumineuses depuis les appliques des murs. Il se frotta contre lui, appréciant ses marmonnements frustrés comme Henry se poussait en arrière avec impatience.

— On y est, alors vas-y.

Henry tourna la tête et lui mordit la mâchoire.

Archie le lâcha en lui assenant une bonne claque sur les fesses.

— Salaud.

Son ami ne répondit rien et se contenta de lui jeter un regard par-dessus l'épaule avant de se débarrasser de ses mocassins. Il offrit à Archie un show bref – la courbe de son dos, la ligne de ses larges épaules se rétrécissant jusqu'à sa taille étroite – pendant qu'il retirait son pull et le jetait au sol. Archie se toucha, ses yeux suivant chaque muscle bandé sous le tee-shirt.

— T'as fini ?

— Je croyais t'avoir demandé de m'y obliger, dit Henry en pivotant pour lui faire face.

Il avait une hanche remontée sur le côté dans une pose aguicheuse qu'Archie connaissait bien.

Toute la tension de la journée – la convocation de dernière minute à se rendre sur le domaine, le combat masqué par des sous-entendus, le manque de résolution – tout explosa d'un coup sous la forme de quelque chose de rouge et de brûlant sous la peau d'Archie. Il adorait baiser Henry. Il aimait vraiment ça. Mais, parfois, ça allait au-delà de ça, ça devenait quelque chose de primitif.

— Viens ici, sale gosse, le taquina-t-il, n'obtenant qu'un roulement d'yeux de sa part.

— Non.

— Retire tes vêtements.

Henry leva les yeux vers le plafond, perplexe.

— Non.

Archie marcha sur lui, utilisant sa taille pour projeter son ombre gigantesque sur son amant. Il tendit la main et, lorsque Henry l'esquiva, il se mit à grogner.

Il n'y avait nulle part où aller. Le mur n'était qu'à quelques centimètres de lui, le lit à moins d'un mètre à leur gauche. Henry ne tressaillit même pas quand Archie attrapa le tissu de son tee-shirt et l'attira d'un geste sec.

Il ne battit même pas des paupières.

Et peut-être que c'était ça leur problème, finalement.

46

Leurs corps se collèrent l'un à l'autre, dangereusement proches, leurs bouches hésitantes, proches du baiser... mais ça n'arriva pas ; ça n'arrivait que rarement. Archie ne s'attarda pas là-dessus quand il lui retira son tee-shirt.

— As-tu...

— Ma poche arrière, chuchota Henry, le souffle précipité maintenant qu'Archie tendait la main vers sa braguette.

— Salope.

Il rit avant de se lécher lentement les lèvres. Tout le temps où il défit son bouton, puis sa fermeture éclair, son regard resta braqué sur le survêtement tendu d'Archie.

Ce dernier le poussa sur le lit, le guidant avec des mains rudes jusqu'à ce que Henry soit allongé sur le duvet bleu marine. Il rejeta les oreillers sur le sol, puis fit suivre son tee-shirt et son survêtement, se déshabillant avec une efficacité militaire.

Henry l'observa depuis le lit, pantalon en toile défait et torse nu, beau et à bout de souffle.

Avec des mouvements impatients, Archie lui retira son pantalon, révélant la totalité de sa peau dorée et de ses lignes fortes et masculines.

— Poche arrière ?

— Humm...

Archie fouilla dans la poche et en retira un préservatif, un petit sachet de lubrifiant et des lingettes.

Il grogna pendant que Henry ricanait en posant son avant-bras sur ses yeux.

— Quoi ? Je me suis préparé, c'est tout.

— Tu es le plus dévergondé des Boys scouts, Henry, et tu le seras toujours.

— Tu dis toujours les choses les plus adorables, mais tu vas quand même me baiser, n'est-ce pas ?

Archie ne s'embêta même pas à répondre, parce que c'était un cadeau. Henry ne s'était pas glissé jusqu'au bungalow pour bavarder ou mettre un point final à leur dispute. Il était venu ici pour se faire baiser, et Archie avait bien l'intention de s'y consacrer.

Il jeta le tout sur le lit et rampa au-dessus du corps de Henry, profitant de la chaleur de sa peau contre la sienne. De ses lèvres et de sa langue, il parcourut sa poitrine, ne s'arrêtant que pour sucer ses tétons et donner une légère chiquenaude sur les petites excroissances charnues.

— Henry, murmura-t-il en glissant plus bas, mordillant son nombril.

Il pouvait sentir l'extrémité ronde de son sexe contre son menton et il grogna, ravalant la vague de désir qui le frappa durement, le laissant pantelant contre sa peau.

Son ami s'agita contre lui, serrant les draps d'une main, l'autre étant posée sur son épaule. Il le tenait et le repoussait tout à la fois, l'encourageant à accélérer.

Glissant sa langue sur le sexe de Henry, Archie l'attira dans sa bouche, léchant l'extrémité, traçant lentement la fente à l'aide de sa langue. Le fluide salé le fit gémir alors qu'il se glissait tout du long jusqu'à la base.

Les gémissements et le bruit de leur respiration précipitée emplirent ses oreilles, les battements de son cœur tels une basse sous les murmures de désir de Henry. Il le suça lentement, la longueur de sa queue reposant contre sa langue et pressant le fond de sa gorge.

C'était merveilleusement bon et cependant insuffisant. Archie sentit le désir lui vriller le cerveau comme il tendait la main pour atteindre le lubrifiant, fouillant parmi les replis du couvre-lit. Il se retira avec un pop humide et obscène, se léchant les lèvres pendant que son regard se braquait sur le visage de Henry.

Il n'y avait pas de mots pour ça – ça se produisait, c'était tout. Une répétition quasi parfaite de leur première fois. Dans cette pièce, pas de champagne pourtant, pas de béguin trop longtemps retenu menant finalement à la jouissance. Juste du sexe – leur version toute personnelle d'une conversation.

Henry se mit alors à remuer comme s'il lisait dans ses pensées. Il souleva ses jambes et se déplaça, roulant sur ses mains et ses genoux. Et le cerveau d'Archie fondit encore une fois, ses mains bougeant d'elles-mêmes pour ouvrir le lubrifiant.

C'était à présent mécanique, cette routine de gestes et de sons qui n'appartenait qu'à eux, Henry craquant soudain sous les doigts rudes d'Archie. Henry si stoïque, si impeccable ; Henry dans son costume trois pièces, suppliant et gémissant pour que son amant « se dépêche » et le « baise ».

— Oui, monsieur, le taquina Archie avec son faux accent britannique pendant qu'il s'agrippait solidement à ses hanches.

Les yeux fermés, il se poussa en avant, frissonnant comme le corps de son amant cédait autour de lui, aussi serré qu'un gant. Quand il fut profondément enfoui en lui, il fit une pause et baissa les yeux sur la ligne de son dos.

— Putain, t'es parfait.

Il bougea ses hanches, ondulant à l'intérieur de Henry encore et encore, plus vite, plus loin. Archie frissonna, tout son corps était tendu pendant qu'il se retenait suffisamment pour enrouler une main autour du sexe de son amant, le caressant au même rythme incessant.

— Si bon, putain, prends tout.

Des mots absurdes s'échappèrent de sa bouche, des paroles obscènes et des jurons à peine ravalés. Il pouvait sentir la sueur se former sur sa peau, le point de contact entre eux devenir brûlant. Le lit craqua bruyamment, l'encadrement frappant le mur.

Il plaça son poing sur le sexe de Henry de la manière exacte qui suffirait à lui arracher un orgasme. Il déposa un baiser au milieu de son dos, léchant et mordillant là où il savait que personne ne pourrait le voir.

Henry ne dit rien, absorbant chaque caresse, chaque poussée du corps d'Archie dans un silence presque absolu. Ça rendait Archie dingue lorsqu'il restait silencieux. Ça l'obligeait à s'agiter plus vite et plus fort jusqu'à ce que tout se brouille dans un mouvement effréné et furieux.

Archie se retint suffisamment longtemps pour sentir le corps de Henry se raidir et l'humidité contre sa paume lorsque son amant se mit à jouir. Il laissa les soubresauts et les frissons le porter jusqu'à ce qu'il se laisse aller à son tour, jusqu'à ce que son sexe pulse dans le préservatif.

Le silence qui suivit parut presque assourdissant. Archie pressa ses lèvres contre l'épaule de Henry, sa version toute personnelle d'un baiser, et commença à faire jouer ses muscles pour les inciter à travailler de nouveau. Il se retira, sa main propre posée fermement sur la colonne vertébrale de son ami, tout en murmurant des sons réconfortants pendant qu'il se contractait.

Les choses dures et rapides lui revenaient toujours en plein visage pour le tourmenter à cet instant.

— Tu bois quelque chose ?

La voix d'Archie était rauque. Il sortit du lit avec précaution, observant Henry pendant qu'il roulait sur le côté avec un soupir.

— Ouais. Le vin ?

Henry ne le regardait pas, il s'était juste recroquevillé, le visage caché par son avant-bras.

— Bien.

Archie se rendit dans la minuscule salle de bain, manquant se cogner la tête contre une étagère maladroitement fixée. Il se nettoya, puis dissimula le préservatif usagé dans une pile de mouchoirs en papier au fond de la corbeille. Hilary rangerait tout après son départ au matin, et il n'avait aucune envie de s'inquiéter qu'elle retrouve son préservatif.

Techniquement, il était en service.

Techniquement, il venait juste de baiser son patron.

Après son passage dans la salle de bain, il se dirigea vers l'armoire à vin rangée dans un coin de la pièce principale. Archie vérifia la porte d'entrée – elle était verrouillée à double tour – et passa rapidement devant les fenêtres. Il éteignit les lumières et enclencha l'alarme avant de retourner dans la chambre, le vin dans une main et deux verres à eau dans l'autre.

— Henry ? appela-t-il par politesse, mais il fut remercié par un grognement endormi.

Le jeune homme était enfoui sous les couvertures, tourné vers le mur. Le lit n'était pas approprié pour que deux hommes adultes, tous les deux mesurant plus d'un mètre quatre-vingts – Archie les dépassant considérablement – puissent dormir confortablement, mais Henry n'était clairement pas prêt à partir pour l'instant.

Archie, dissimulant son plaisir, leur versa à chacun une quantité généreuse, utilisant la table de chevet comme bar.

— Pas beaucoup. J'ai cette réunion, demain…

— C'est vrai, je m'en souviens, répondit sèchement Archie. J'ai aussi cette réunion ; du moins, la partie transport.

Henry sortit la tête de sous les draps. Ses cheveux emmêlés provoquèrent un ricanement chez son ami.

— Quoi ?

— Je programme l'alarme pour cinq heures du matin. Tu as vraiment besoin de faire quelque chose pour cette coupe de cheveux façon « je viens de me faire baiser ».

Archie s'assit sur le lit. Il offrit un verre à Henry qui se renfrogna.

— C'est tellement utile ce type de réflexion.

— Je suis là pour vous servir, mon Seigneur.

Archie se cala contre la tête de lit ; ils firent tinter leur verre l'un contre l'autre avant de tomber dans un silence réconfortant.

III

ARCHIE S'ÉVEILLA à cinq heures du matin au son agressif de l'alarme de son portable ; il grogna en se redressant, tentant de s'orienter sans tomber du lit. Il se rappela vaguement avoir senti Henry se dépêtrer de lui avant de retourner à la maison. Il se rappela également avoir fini le dernier verre de vin, puis s'être ensuite rendormi.

C'était clairement une erreur.

Sa gueule de bois le suivit du lit à la minuscule douche de la salle de bain. Il s'appuya contre le mur jusqu'à ce que l'eau froide le réveille suffisamment pour qu'il ouvre les yeux entièrement.

Très mauvais calcul. Il aurait probablement pu tirer toute l'eau du domaine sans réussir à réveiller son corps.

Archie était en colère, maintenant : il n'aimait pas ne pas se montrer professionnel, et il détestait perdre le contrôle de son corps. Et ce matin, il était en dehors des limites dans les deux cas.

Bien sûr, il fallait que ce soit ce matin précisément qu'il fasse une mauvaise réaction au vin. Quand il devait conduire jusqu'à l'autre bout de la ville avec monsieur Walker dans la voiture et Henry assis à l'arrière, tendu et fatigué auprès de David Silver, le haut vice-président et bras droit de son père. C'était une scène à laquelle Archie détestait assister.

Tout en s'essuyant, il vérifia son reflet et décida de ne pas se raser. Après ça, tout fut rapide et habituel – du moins aussi rapide et habituel que possible avec un estomac qui lui donnait la sensation d'être rempli de gros insectes en colère – il se brossa les dents, appliqua du déodorant, enfila son uniforme de réserve, retira chaque peluche de son costume sombre impeccable, mit ses chaussures et ajusta son étui de revolver. Il prit quelques minutes pour nettoyer la minuscule salle de bain afin que Hilary n'ait pas à le faire, puis il se dépêcha d'attraper son sac déjà prêt, fourrant son livre et ses lunettes de lecture dans une poche sur le côté.

Il devait amener la voiture devant la maison pour six heures quinze, et être en retard n'était pas envisageable.

Malgré toute cette précipitation, Archie n'avait que deux minutes de retard, pas de quoi paniquer, mais il pouvait sentir ses paumes se couvrir de sueur tandis qu'il garait le véhicule devant la maison. Norman était en haut des escaliers, consultant sa montre avec un léger froncement de sourcils. L'estomac noué, Archie abandonna la voiture et bondit à l'extérieur, une expression sérieuse plaquée sur le visage.

— Monsieur, murmura-t-il en montant les marches.

— Archie.

— Puis-je prendre votre mallette ?

— Pardon ? Non, c'est inutile.

Norman leva les yeux de sa montre et lui lança un regard pénétrant qui, d'une manière ou d'une autre, parvint à faire empirer sa gueule de bois.

— Nous attendons Henry. Il est en retard, dit Norman d'une voix tendue.

Il supportait très mal les imprévus.

— Oui, monsieur, répondit Archie.

Il jeta un œil vers la porte, priant pour que son amant se dépêche. Le soleil qui lui tombait dessus semblait le frapper avec une force particulièrement agressive.

Il enfouit sa main dans sa poche pour prendre ses lunettes d'aviateur. Une fois qu'elles furent glissées sur son nez, la matinée s'améliora légèrement. Archie respira par le nez, remuant de façon à ce que sa colonne vertébrale soit alignée avec ses hanches, les bras le long du corps.

Depuis sa position, il pouvait jeter des coups d'œil à son patron, le voir s'assombrir et souffler.

La ressemblance entre Henry et lui était difficile à voir. Parfois, une certaine inclinaison de leur tête rendait les choses évidentes ; parfois, c'était leur manière d'être agacés par des petits détails stupides ou de disparaître dans un silence froid quand quelque chose se passait mal. On la retrouvait dans de minuscules bizarreries, comme leur dégoût pour les piments ou leur amour pour le thé sucré.

Mais Henry ressemblait beaucoup à sa mère décédée, dont personne ne parlait, mais que chacun connaissait.

Ils se tenaient l'un près de l'autre, un peu gênés, Archie au bas des marches du grand escalier du domaine, Norman quelques marches au-dessus, jetant de temps en temps un coup d'œil à sa montre avec un tic irrité. Puis, d'un coup, il se tourna vers lui et l'observa avec un intérêt intense qu'il n'avait jamais réellement montré jusque là – pas en plus de vingt ans et certainement pas récemment. La sueur commença à lui dégouliner dans le cou.

—Alors, comme ça, tu vas bientôt obtenir ton diplôme ? demanda-t-il soudainement, son accent anglais et snob coupant l'air frais et matinal.

Archie tenta de ne pas bondir.

— Oui, monsieur. Dans six semaines.

— Hummm.

Norman n'insista pas.

— Henry sera disponible pour établir des recommandations si besoin.

Archie cligna des paupières.

— Oui, monsieur. Merci. C'est très aimable à vous.

— Mon assistante, Maria, peut elle aussi te venir en aide en réglant les problèmes de ressources humaines. Tu peux la contacter directement.

Archie força un sourire sur son visage.

— J'apprécie, monsieur.

— As-tu commencé à chercher un travail ?

— Oui, monsieur.

— Rien trouvé d'intéressant ?

L'estomac d'Archie fit un double saut périlleux. Il s'humecta les lèvres discrètement.

— Ferelli et Fils. J'ai un troisième entretien avec eux demain.

Norman fixa son regard d'acier sur lui durant une terrible minute.

— C'est une excellente entreprise. Tu feras du bon travail là-bas. Transmets mes salutations à Edgar.

Archie faillit avaler sa langue.

— Merci, monsieur.

— Hummm.

Norman revérifia sa montre et lâcha un soupir impatient.

— Comment se porte ta mère ?

— Elle va bien, merci.

— Salue-la de ma part également.

— Bien sûr.

La palpitation de son mal de tête se transforma en typhon derrière ses yeux. Il tenta de se rappeler s'il avait emporté de l'aspirine dans le sac qu'il gardait sous son siège.

Peut-être était-il en train de rêver la discussion la plus personnelle qu'il ait jamais eue avec Norman Walker depuis l'âge de dix-sept ans, lorsqu'il était devenu un employé à temps complet. Saluer Edgar Ferelli ? Est-ce que ça valait une ou plusieurs recommandations ?

— Norman, chéri ? Es-tu sûr de ne pas vouloir de thé ?

L'actuelle madame Walker passa les gigantesques portes du manoir Tudor, déjà habillée pour la journée d'un twin-set vert et d'une modeste jupe noire. Avec sa coiffure à la Bettie Page et ses chaussures façon années cinquante, elle avait l'air d'une héroïne de films classiques de gangsters.

Norman soupira.

— Non, Libby, tout va bien. Je prendrai quelque chose pendant la réunion.

Il leva finalement les yeux, se penchant pour embrasser sa femme pendant qu'elle se plaçait à ses côtés.

— Bonjour, Archie.

— M'dame.

Libby Walker n'avait que quelques années de plus que lui, mais elle était probablement la plus agréable de toutes dans la parade sans fin de belles-mères que Henry avait eues. Au moins, celle-ci ne cherchait pas à le materner. Ou à l'ignorer. Ou même à le détester.

— Avez-vous bien dormi ? demanda-t-elle poliment.

— Oui, m'dame. Merci.

Archie remua légèrement. Tout le monde se montrait tellement amical ce matin que ça commençait à lui foutre les jetons.

— Transmettez nos salutations à votre mère quand vous la verrez, s'il vous plaît.

— Je le ferai.

Et, oui, il se rappela soudain que l'aspirine n'était qu'à quelques pas de lui. Ainsi qu'une bouteille d'eau, merci, mon Dieu. Une fois qu'il aurait déposé les Walker et leur haut vice-président à la réunion, il se trouverait un endroit tranquille et ferait une petite sieste afin d'atténuer cette réaction merdique avant de devoir finalement faire face à sa mère pour le déjeuner.

La porte s'ouvrit de nouveau et Henry apparut, le visage pâle et l'expression troublée alors qu'il se hâtait vers les marches.

— Toutes mes excuses, dit-il, légèrement essoufflé. Je ne me suis pas réveillé.

— Visiblement.

Norman embrassa chastement Libby sur la joue.

— Au revoir chérie. Je serai rentré vers dix-sept heures.

— J'attendrai pour le thé, dit-elle avec gaieté.

Elle tapota le bras de Henry au passage.

— Bonne chance pour ta réunion.

— Merci Libby.

Henry patienta sur la marche pendant que son père marchait le premier vers le Hummer.

Archie et Libby échangèrent des sourires polis avant qu'il ne s'avance au-devant de Norman. Il atteignit la portière et patienta, attendant pour l'ouvrir.

Tout n'était que routine. Tout n'était que spectacle.

Henry et lui partagèrent un coup d'œil bref, puis il fallut se concentrer sur le travail, bouger, arranger les plis de son pantalon afin de lui éviter d'être froissé.

Quelques minutes plus tard, ils étaient sur la route, Norman optant clairement pour une désapprobation silencieuse plutôt qu'une réprimande. Le temps qu'ils se garent devant l'impressionnante propriété de David Silver quinze minutes plus tard, l'atmosphère lourde était presque palpable dans le Hummer.

Archie bondit hors du véhicule et ouvrit la portière arrière. David Silver apparut à la porte d'entrée de la maison une seconde plus tard, lui souriant avec bienveillance tout en essayant de se rappeler son nom.

— Archie, c'est ça ?

Il n'attendit pas sa réponse, se contentant de grimper à l'arrière du Hummer et attendit qu'Archie referme la portière.

Toujours plus de conneries. Toujours plus de show.

Ils étaient de nouveau en route quelques minutes plus tard, accélérant en direction de Westchester. Archie prit les petites routes, tentant d'éviter l'autoroute jusqu'à la dernière seconde. La circulation rendait Norman nerveux, et les directives principales d'Archie ce matin étaient d'éviter que ça arrive.

Sa migraine et ses nausées continuaient à le tourmenter, pas suffisamment pour affecter sa conduite, mais toujours persistantes et irritantes. Il parcourut rapidement les routes de campagne, passant devant des haras et des maisons de maître, l'esprit focalisé sur le fait d'amener ses passagers en ville à temps, sur le déjeuner avec sa mère plus tard, sur la possibilité de voir Henry…

Du coin de l'œil, il vit quelque chose de flou se diriger à une vitesse ahurissante vers le côté passager du Hummer. Avant qu'il puisse comprendre pourquoi quelqu'un surgirait des bois, le véhicule fut secoué par l'impact des deux masses poussées l'une contre l'autre.

Une seconde plus tard, il heurta le volant en acier, le son de la tôle déformée explosant brutalement dans sa tête. Il nota vaguement que la voiture s'envolait sur le côté, en suspension dans les airs, juste une seconde avant que sa tête n'entre en contact avec la vitre conducteur et qu'il ne s'assomme.

Il reprit connaissance pour respirer, brisant la surface sombre de sa conscience avec un halètement. Il éprouvait beaucoup trop de douleurs à travers tout son corps pour ne pas avoir envie de retrouver la sérénité de l'inconscience, mais il entendait des bruits au-delà de sa vision grise et floue, des hurlements de colère. Des cris et des jurons et…

Henry.

Henry qui criait. Des hommes qui se battaient. Des sons d'une violence effrénée juste au-delà de ses perceptions.

Archie roula sur le côté, sentant la dureté de la route contre son dos et ses hanches. Il voyait toujours mal, et la douleur diffuse de l'accident parut se concentrer subitement dans sa cuisse gauche qui semblait en feu.

Malade, il se força à se mettre sur les mains et les genoux ; imprimer une pression sur son côté gauche était impossible, ce qui l'obligea à se rasseoir sur ses talons. Son esprit flottait, d'autres lignes grises obscurcirent sa vue.

Quelqu'un était en train de crier furieusement à l'arrière.

À l'aide de ses dernières forces, Archie se débattit pour se relever – et faillit presque s'évanouir de nouveau. Sa jambe gauche était inutile, sa vue compromise. Quand il enfouit sa main dans sa veste pour trouver son arme, ses doigts ne rencontrèrent que du vide.

Ils lui avaient pris son pistolet.

— Il est réveillé ! hurla quelqu'un et Archie reçut un coup directement entre les épaules.

Il fut privé de souffle et se sentit sombrer une fois encore.

IV

UNE SURFACE douce à l'odeur nauséabonde soutenait le côté de sa tête ; son oreille était pressée contre, son ouïe était étouffée et le sang, comme un chatouillement, traçait un chemin sinueux jusqu'à son front tel une araignée en train de grimper. Même avec les yeux fermés, la sensation de tourner et de tomber se répétait encore et encore, jusqu'à ce que Henry puisse tout juste ravaler sa nausée et prier pour retomber dans l'inconscience.

Il entendait des sons tout près : un murmure de voix avec un bruit d'axe routier étouffé dans le fond.

— Henry ?

Une voix chuchotante traversa les ténèbres.

Il grimaça, ses oreilles bourdonnèrent quand il déplaça faiblement ses mains contre le tissu glissant. Il songea brièvement à se redresser, mais c'était impossible, il le savait. Il n'osait pas parler, de peur d'être malade. Un léger souffle d'air s'échappait de ses lèvres.

— Henry, répéta la voix, se déplaçant plus près pendant que la surface sur laquelle il était allongé s'enfonçait sous lui, un mouvement qui fit jaillir des couleurs agressives derrière ses paupières.

C'était son père.

— Oh, fils.

Une main lui effleura doucement l'épaule, timide et attentive à ne pas le bousculer.

— David, il se réveille, dit Norman une seconde plus tard, et Henry se souvint que son parrain était avec eux dans la voiture.

Il gémit ; il n'était ni un enfant ni un homme faible, mais, durant une fraction de seconde, rien ne lui parut plus rassurant que d'avoir Norman et David à ses côtés, tous les deux sains et saufs.

— Ne bouge pas, Henry, dit David.

Une autre main. Tapotant son poignet, cette fois.

— Tu t'es cogné la tête très fort.

Sa voix sévère était calme et Henry respira, frissonnant un peu contre ce qui était en fait un matelas.

— Il a besoin d'un médecin, se plaignit Norman et David le fit taire.

— Norman, je t'en prie. Ils peuvent faire ce qu'ils veulent, maintenant. Nous devons juste nous montrer coopératifs et espérer qu'ils contactent le conseil d'administration avec une demande de rançon.

— Je leur ai déjà dit que le conseil paierait tout ce qu'ils veulent – absolument tout –, mais ils ne semblent pas intéressés par l'argent.

Le timbre de sa voix s'éleva et Henry se mordit les lèvres. Ses oreilles bourdonnaient comme s'il venait d'être encore frappé.

— Peut-être est-ce juste une tactique. Je ne serais pas surpris qu'ils nous fassent attendre, puis nous demandent de les appeler nous-même pour obtenir un plus gros montant.

David avait l'air écœuré.

Henry entendit le bruit furtif de ses pas quand il se releva, puis ses mouvements lorsqu'il se déplaça tout autour de la pièce. Norman resta près de lui, lui tapotant occasionnellement l'épaule. C'était la manifestation la plus paternelle et démonstrative qu'il ait expérimentée depuis des années.

— Je suis désolé, Henry, murmura soudain Norman, poussant ensuite un soupir. Tellement désolé. Je ferais n'importe quoi pour nous sortir d'ici.

Henry tenta de se rappeler tout ce qui avait pu l'amener à cet instant, mais sa mémoire ne cessait de bondir en tous sens, ses souvenirs étaient mélangés ; les choses dont il se souvenait pouvaient avoir eu lieu la semaine précédente ou le matin de son cinquième anniversaire. Tout cela l'étourdissait affreusement et il préféra s'arrêter, pressant ses doigts contre le tissu sous lui jusqu'à ce que ses pensées cessent de tourner en boucle.

— Henry ? Henry ?

Le murmure paniqué de Norman le ramena à la réalité. Il venait visiblement de perdre connaissance, et la peur commença à se répandre dans sa poitrine.

Jusqu'à quel point était-il réellement blessé ?

— Je vais bien, Père.

Sa voix était à peine plus forte qu'un grincement à cet instant.

— Juste un peu étourdi.

— Tu n'arrêtais pas de les combattre, chuchota Norman. Tu as essayé si fort.

Henry respira plus profondément ; c'était étrange d'entendre une histoire sur soi dont on ne pouvait pas se souvenir.

— Ils t'ont frappé violemment à la tête.

Ça paraissait logique, même s'il ne parvenait pas à associer les mots de son père avec l'accident.

— J'ai cru…

La voix de son père se brisa et la poitrine de Henry se serra.

— J'étais terriblement inquiet pour toi.

— Quelqu'un arrive, souffla David avec anxiété, ses pas le ramenant à l'endroit où ils se trouvaient.

Les couinements et les grincements d'un verrou qu'on ouvrait brisèrent le silence, et Henry entendit son père respirer plus vite. Étaient-ce les hommes qui refusaient la proposition de rançon de son père ? Il essaya désespérément d'ouvrir les yeux.

Une porte s'ouvrit avant d'être rapidement refermée. Avec une détermination féroce, Henry battit des cils juste assez pour voir les bottes de travail sales d'un homme à quelques pas de lui.

— Tenez, grogna l'homme en lançant un sac en tissu près du visage de Henry.

Il heurta le côté du lit et tomba au sol, ébranlant le matelas avec un mouvement qui le renvoya dans une obscurité nauséeuse alors qu'il tentait d'empêcher son estomac d'exploser.

— Pouvons-nous vous parler, s'il vous plaît ? demandait David d'une voix caressante et charmeuse comme s'ils étaient dans une salle de réunion et pas dans une situation désespérée. Si vous pouviez juste contacter nos bureaux… ils s'arrangeront pour vous payer ce que vous voulez. Je vous en prie. Henry a besoin de soins médicaux.

— Tout ce que vous voudrez.

C'était Norman, la froideur de sa voix ayant disparu. Tout ce que Henry percevait à présent, c'était la peur.

L'homme ne répondit rien. Les sons se répétèrent, une porte s'ouvrit et se referma.

Ils étaient de nouveau seuls.

Norman étouffa un ou deux jurons.

— Les salauds.

Il s'éloigna juste assez, estima Henry, pour pouvoir attraper le sac et le ramener à lui. Même s'il savait se montrer aussi sauvage qu'un lion en affaires, Norman souffrait d'une maladie cardiaque génétique, un fait auquel il refusait de faire face. Mais, à présent, dans une telle situation périlleuse, Henry pouvait entendre ses efforts pour respirer, le bruit inquiétant dans sa poitrine.

— Il y a de l'eau, dit Norman. Un peu de nourriture. Une trousse de premiers secours, mais j'imagine que les pansements ne seront pas d'une grande aide.

— Ils ne serviront à rien, marmonna David. C'est écœurant.

Quelques secondes plus tard, Henry sentit une couverture se poser sur son dos et ses épaules.

— Où est ma veste ? murmura-t-il, les premiers mots dont il put se souvenir après ce qui lui sembla des siècles.

— Ils l'ont prise. La mienne également. Et nos chaussures.

Norman s'agita au-dessus de lui ; Henry sentit une seconde couverture drapée autour de ses jambes.

— Ils portent des masques, Henry. Cet homme qui a apporté le sac, il est le seul à parler.

Son père s'interrompit.

— J'ignore ce qu'ils veulent si ce n'est pas de l'argent.

Ses paroles étaient désespérées, l'émotion les teintait de désespoir. Trois des hommes les plus riches de New York coincés dans une pièce Dieu seul savait où, à la merci d'étrangers qui paraissaient ne rien exiger.

Henry avait peur.

La terreur se mit à le submerger, le dévastant tout entier.

David, son père et lui se trouvaient ensemble dans le Hummer pour se rendre à une réunion matinale en ville. Ils étaient en train de discuter du projet Breen quand soudain…

L'accident.

Mais, pas vraiment un accident.

Ils l'avaient enlevé.

Sa respiration s'accéléra.

Archie.

L'affreux son de la tôle raclant la tôle. Ils avaient été poussés hors de la route, jusque dans un arbre. Des hommes avaient déferlé sur le véhicule, armes au poing.

Des coups de feu avaient été tirés.

Archie.

Et après ça, plus rien. Juste un trou noir – un mélange de voix, de la colère, de l'agressivité.

Mais pas d'Archie.

La peur avait un compagnon à présent : le chagrin.

Henry dut émettre un son, car la main de son père se resserra sur son épaule.

— Henry ? Que se passe-t-il ?

C'était la force de l'habitude de faire semblant lorsqu'il était question d'Archie, de prétendre qu'il n'était qu'un employé, qu'il n'était qu'un chauffeur, qu'un garde du corps. Prétendre qu'ils se montraient sympathiques l'un envers l'autre uniquement parce qu'ils avaient grandi ensemble. Il avait créé ce personnage froid pour son père, un outil qui lui permettait de se montrer sous un autre jour.

Mais le filtre avait disparu, chassé par des hommes silencieux qui portaient des masques.

— Archie, s'étouffa-t-il, sa gorge se serrant de douleur.

— Oh.

Juste un mot simple, discret, et le souffle de Henry eut un raté.

— C'est arrivé si vite, murmura Norman, sa main se refermant sur le bras de son fils. Il… Il est resté inconscient quelque temps. Puis, il s'est réveillé. Il a tenté de les arrêter, bien sûr. Il leur a opposé une résistance farouche.

Henry se débattit pour refouler ses larmes, mais il avait déjà presque perdu le contrôle de tout le reste – de ses émotions, de son corps. Tout son sang-froid l'avait quitté.

— Il était toujours en vie quand ils nous ont mis dans le van, dit doucement Norman. Je l'ai vu. Je te promets qu'il était en vie.

Norman lui frotta gentiment l'épaule, froissant la couverture de son autre main.

— Repose-toi, Henry. Tu dois rester couché. Tout va bien se passer.

Les murmures échangés entre Norman et David bourdonnaient au-delà de sa conscience. Il alternait entre larmes silencieuses et sombres périodes de néant dont il se réveillait en sursaut, la douleur et les nausées le renvoyant aussitôt dans l'inconscience.

Il perdit totalement la notion du temps.

— Henry ! Henry !

Son prénom l'arracha à son puits de cauchemars et de chagrin — il se souvenait s'être caché avec Archie dans le grand chêne situé aux limites de la propriété, d'avoir mangé des biscuits au chocolat qu'ils avaient « volés » dans la cuisine. Ils devaient avoir neuf ans et passaient leur temps à courir autour de la propriété avec des cris bruyants, les genoux sales. Inséparables.

C'était l'été durant lequel Henry avait compris que les garçons pouvaient aimer d'autres garçons de la manière dont ils étaient supposés aimer les filles.

Il rouvrit les paupières, sentant la pression d'une main sur son épaule.

— Henry, réveille-toi. Nous avons entendu quelque chose, dit son père essoufflé, tout en l'aidant à se redresser en position assise.

— Des coups de feu, ajouta David, la voix tremblante.

Ses paroles le poussèrent à bouger alors même que son corps et son cerveau protestaient vigoureusement.

Entre son père, David et les efforts qu'il fit, ils parvinrent à le redresser et à l'appuyer contre la tête de lit. À travers sa vision floue, Henry reconnut une petite chambre d'hôtel sombre avec une fenêtre occultée par de lourdes couvertures. Au-delà des murs, il put entendre de faibles bruits d'explosions et des coups de feu y faire écho. Norman se plaça devant lui, ramassé sur lui-même comme s'il tenait à le protéger de ce qui se trouvait de l'autre côté.

— Père, chuchota-t-il, mais Norman le fit taire.

— Reste derrière moi. Tu n'es pas en état de te déplacer.

David vibrait d'inquiétude à ses côtés.

— Est-ce que tu crois que c'est la police ?

— Archie a dû leur donner une description, murmura Norman. Ils ont dû nous retrouver.

Henry pouvait entendre la voix de son père perdre la trace de son impeccable accent britannique, revenir à ses rudes racines de Dorchester. Il perçut également sa respiration difficile qui pouvait signaler quelque chose de plus sérieux.

— Père, arrêtez. Vous devez vous détendre, dit-il en effleurant son dos.

— Je vais bien, Henry.

Le bruit s'amplifia, les vibrations secouèrent les murs. La poitrine de Henry le faisait souffrir à cause de l'inquiétude et de l'angoisse : il pouvait à peine bouger, son père avait un problème cardiaque, David avait soixante ans… si les choses continuaient ainsi, il ignorait comment ils allaient survivre.

V

LES SONS explosèrent de l'autre côté de la porte, plus proches à présent, et Norman, respirant toujours péniblement, réduisit la distance entre eux. Henry trembla en tendant la main pour saisir celle de son père, un geste qu'il ne souvenait pas avoir jamais tenté.

Norman la serra en retour.

Une terrible sensation de peur remplit l'espace entre eux. Après un temps ridiculement long, la porte s'ébranla, puis s'ouvrit.

Henry retint sa respiration.

Le canon d'une arme automatique se glissa d'abord à l'intérieur, suivi par la silhouette large et habillée de noir d'un policier portant l'uniforme du SWAT.

— Oh ! Merci, mon Dieu ! s'exclama David, trébuchant sur ses pieds en s'appuyant lourdement contre le mur. Nous sommes ici !

L'officier était déjà en train de scanner les lieux, puis il s'avança lentement, arme pointée vers le haut et prête à faire feu.

— Pouvez-vous vous identifier, je vous prie ? demanda-t-il d'un ton sévère et autoritaire.

— Norman Walker, mon fils, Henry, et David Silver, répondit-il hâtivement.

Henry n'avait toujours pas lâché sa main.

— Nous avons besoin d'une ambulance.

— Êtes-vous blessé, monsieur ?

— Non, mais mon fils oui. Ils l'ont frappé à la tête.

Sa voix s'étouffa légèrement, trébuchant sur les derniers mots.

— Père ?

La panique de Henry revint en force en sentant l'étreinte de son père s'affaiblir.

— Je vais bien.

Norman avait l'air tout sauf bien.

L'officier était en train de parler dans une radio fixée à son bras, sa voix étouffée était pressante.

— Père, allongez-vous. S'il vous plaît, dit Henry, poussant Norman contre la tête de lit près de lui. S'il vous plaît. Ils vont envoyer une ambulance ; vous pourrez être examiné à l'hôpital.

La lumière inonda la pièce lorsque les couvertures furent retirées. La peau de Norman était pâle, livide – il était impossible d'ignorer que quelque chose n'allait pas. Alors qu'il laissait Henry le guider, son fils put sentir l'humidité traversant ses vêtements.

— Je…

Ses efforts pour les convaincre qu'il allait bien se terminèrent dans un soupir lourd.

— Bon sang, dites aux ambulanciers de se dépêcher, lança David au policier. Il a des problèmes cardiaques.

Non, Henry voulait insister là-dessus. Son père avait un cœur qui fonctionnait à peine. En dépit des meilleurs soins médicaux possible, Norman possédait un système cardiaque ralenti par une mauvaise génétique ainsi que de la négligence, et usé par deux crises cardiaques. Les deux infarctus s'étaient produits quand Henry était au loin – une fois au collège, une autre lors d'un voyage d'affaires –, mais Norman avait ressenti des symptômes qui avaient été repérés depuis et inculqués à Henry par le médecin et, plus récemment, par Libby.

Tous ces symptômes étaient en train de se reproduire à présent.

— Monsieur Walker ?

Un second homme s'agenouilla auprès de lui, jetant un œil à Henry au passage. Il tendit la main pour tâter le pouls de son père, se tournant de nouveau vers l'officier qui était debout quand il n'obtint aucune réponse de la part de Norman.

— Hayes, trouve-moi les ambulanciers.

La voix de l'homme n'avait pas changé, mais la terreur de Henry atteignit un nouveau palier.

— Père ? Père ?

Henry l'attira à lui pour tenter d'obtenir une réponse, pour vérifier au moins sa respiration.

— Hayes ?

— Ils sont en bas, dans l'entrée. Ils montent.

Les voix affluèrent autour de Henry, mais son attention était entièrement concentrée sur son père, qui paraissait avoir rétréci par rapport à l'homme gigantesque qu'il avait toujours connu. Il semblait minuscule entre ses bras. Frêle.

— Père ?

— Hen…

Ce n'était qu'un murmure, cependant Norman lui répondit. Henry cligna furieusement des paupières pour tenter de clarifier sa vision.

Son père essaya encore une fois de prononcer son nom et ne put aller au-delà de la première syllabe.

— Ne parle pas. Les ambulanciers arrivent.

Il attira son visage près du sien, presque front contre front pour pouvoir le voir.

— Tout va bien.

— S… ssss…

Sa respiration devenait de plus en plus laborieuse. C'était des sons rauques, à présent. Henry pouvait ressentir le combat que son père menait contre son propre corps.

— Tout va bien, Père. Détendez-vous.

Des cris et un fracas épouvantable explosèrent dans la pièce. Henry resserra sa prise sur la silhouette tremblante de Norman.

Il se débattait faiblement, mais il essayait de bouger quand même, de s'asseoir – n'importe quoi. Henry n'en était pas sûr, mais il tint bon, comme si la volonté pure pouvait pousser le cœur de son père à fonctionner.

Quelqu'un tenta de le tirer en arrière et ça n'aurait pas demandé beaucoup d'efforts – il était faible et étourdi –, cependant il refusa de s'éloigner.

— Vous pouvez rester près de lui, mais laissez-nous travailler, s'il vous plaît, dit une voix de femme et Henry hocha la tête, abandonnant son père entre les mains de deux infirmiers qui venaient d'arriver avec des équipements et d'autres policiers.

Ils déplacèrent Norman sur le sol de la chambre d'hôtel, les lampes se rallumant et d'autres personnes s'affairant autour d'eux. Ils lui retirèrent sa chemise, l'un d'eux prenant ses constantes pendant que les autres écoutaient sa respiration avec un stéthoscope.

Le regard de Henry était brouillé par les larmes et les vertiges. Il se pressa contre le mur dans l'intention de se soutenir, de ne pas s'effondrer. Comment cette journée avait-elle pu se transformer ainsi ? Qui étaient ces gens ?

— Monsieur ? Monsieur Walker ?

Henry tourna la tête et tomba sur un homme aux cheveux noirs vêtu d'un costume, accroupi à ses côtés.

— Je suis l'agent Feller du FBI. Je dois vous parler.

Henry secoua la tête, reportant son regard sur la silhouette immobile de son père, observant les gestes des infirmiers devenir de plus en plus frénétiques. Son propre cœur se serra d'effroi.

— Monsieur Walker, je suis désolé, mais nous devons parler.

Le bip d'un moniteur cardiaque portatif vibra dans l'air. Ce fut alors la seule chose que Henry entendit, la preuve évidente que son père était toujours en vie.

Une main lui toucha le bras, mais il se dégagea. Dans la pièce, un brancardier apparut, puis un autre ambulancier et d'autres officiers de police, cependant Henry n'écoutait que le moniteur.

Le son changea de rythme. Il retomba, puis revint avec une violence stridente.

Un changement s'opéra. Henry pouvait seulement observer les événements avec impuissance tandis que les infirmiers commençaient à ranimer son père allongé sur le sol. Leurs gestes étaient flous, leurs échanges médicaux compliqués glissant sur lui comme une vague. Il se débattit pour rester sur ses pieds, pour garder les yeux ouverts parce que non. Non. Tout ceci ne pouvait pas se produire.

Comment était-ce possible ?

— J'ai un pouls, cria quelqu'un et les gestes reprirent. Le corps de Norman – vêtements déchirés, relié à des fils et masqué par les mains d'inconnus qui tentaient de le sauver – fut placé sur un brancard. Puis, ils disparurent, se hâtant vers l'ambulance.

— Je dois aller avec lui, chuchota-t-il sans savoir si quelqu'un était suffisamment proche pour l'entendre.

— Vous avez besoin d'être examiné, dit une voix.

Henry se tourna dans la direction du son.

— Agent Feller, répéta l'homme en attrapant son avant-bras. Allons à l'hôpital.

Il tenta de résister, tenta de les obliger à le mettre dans l'ambulance avec son père, mais en vain. Quand il trébucha dans la lumière, les sirènes étaient déjà en train de hurler au loin, et de nouveaux secouristes marchaient vers lui à travers un parking rempli de gens, de sirènes, de lumières et d'un essaim d'uniformes.

Ils l'interrogèrent à propos de la date et de l'heure, de qui il était et de l'endroit où il vivait. Henry s'en fichait.

— Mon père, répéta-t-il encore et encore, secoué par le choc et la terreur. S'il vous plaît.

Ils finirent par l'allonger sur un brancard ; l'agent du FBI grimpa pour s'asseoir près de la porte, son regard ne quittant jamais le visage de Henry.

Ce dernier ferma les paupières en ravalant ses larmes.

Quand il les rouvrit, il était en train d'être déplacé. Il observa le ciel bleu se mouvoir, puis se transformer en chemin de lumières glacées au-dessus de sa tête. Des murmures et des présentations eurent lieu, toujours plus de médecins et d'infirmières se succédèrent. Henry ne vit plus qu'un brouillard vaporeux.

Était-ce le choc ? Son cerveau était-il touché ?

Où se trouvait son père ?

Et Archie…

Il étouffa aussitôt cette pensée. Il devait croire à ce que David avait dit – Archie devait être en vie. Il devait l'être. Comment la police aurait-elle pu les trouver aussi vite, sinon ?

— Monsieur Walker ?

Une nouvelle voix attira son attention.

— Je suis le docteur Brighton.

— Mon père…

Henry tourna la tête avec effort, fixant le jeune homme du regard.

— Je vous en prie. Dites-moi où il est. Je dois le voir.

L'expression du visage du médecin lui serra la poitrine.

— Monsieur Walker, ils sont en train de s'occuper de lui. Dès que j'ai des nouv-…

— Il est mort, n'est-ce pas ?

70

Les mots s'échappèrent de ses lèvres, aigus et tremblants.

— Il est mort.

— Ils font tout leur possible, murmura l'homme et Henry acquiesça en refermant les yeux.

LE TEMPS s'écoula dans le box : le docteur Brighton passa avec sa petite lampe blanche, un aide-soignant vint lui prélever bien trop de sang, un autre lui retira ses vêtements – qui disparurent alors dans un grand sac marron – et l'aida à enfiler une blouse. Henry ne parla pas, ne répondit pas. Il voulait juste continuer à prétendre que tout cela n'était qu'un terrible rêve.

L'agent Feller revint plus tard, sombre et sinistre. Le docteur Brighton se tenait à ses côtés.

— Monsieur Walker, je suis désolé d'avoir à vous l'annoncer…

Le reste ne fut que bourdonnements d'insectes submergeant son cerveau jusqu'à l'inconscience.

HENRY S'ÉVEILLA dans une nouvelle pièce, privée cette fois, éclairée par une lumière discrète et occupée par le faible bourdonnement des machines. Il cligna des paupières à travers le voile flou des médicaments et de la confusion, la cohue dans sa tête remplissant toujours violemment l'espace entre ses oreilles. Il lui fallut un temps de pause et de réflexion avant que les choses ne lui reviennent.

Il se trouvait à l'hôpital avec une sévère commotion.

Il se trouvait à l'hôpital parce que son père, David et lui avaient été kidnappés.

Son père était mort.

Le chagrin lui serra la gorge et sa poitrine fut comprimée comme dans un étau ; il ferma les yeux pour repousser ses larmes, le corps tremblant sous l'effort qu'il lui fallait pour ne pas hurler de toutes ses forces.

Il agrippa faiblement les couvertures. Il sentit le plastique dur du bouton d'appel sous ses doigts et le pressa une fois, incertain quant à ce qu'il désirait précisément, mais désespéré d'obtenir plus d'informations.

Il voulait savoir où était Libby. Il voulait savoir si David allait bien. Il voulait savoir si quelqu'un avait contacté la mère d'Archie et son cœur s'accéléra comme si la crise cardiaque qui venait de tuer son père s'attaquait à présent à lui.

Archie. Il devait savoir si Archie allait bien.

C'était insupportable. Il n'arrivait pas à dépasser ça. La panique rugie en lui, sortie de nulle part, serrant ses poumons sans même laisser un soupçon d'air à l'intérieur. Son père et Archie, ces deux personnes qu'il aimait, des constantes dans sa vie, à qui il avait fait faux bond. Il avait échoué à les protéger, échoué à exprimer les mots qu'il dissimulait au fond de lui, échoué à être l'homme qu'ils voulaient qu'il soit…

— Monsieur ? Monsieur… vous devez vous concentrer sur ma voix. Monsieur Walker ? Allons, respirez profondément.

La voix d'une femme murmurait au-dessus de lui ; il réalisa qu'il avait fermé les yeux et ne pouvait plus les rouvrir. Elle lui demandait de respirer, mais c'était impossible pour le moment.

— Monsieur Walker, je vais vous donner quelque chose par votre intraveineuse. Ça va vous aider. Mais j'ai besoin que vous preniez une inspiration.

Des mains touchèrent son poignet, son avant-bras. Le tube de l'intraveineuse cliqueta doucement contre sa peau.

— Allons, monsieur Walker. Une respiration.

Elle s'échappa de lui dans un sanglot, une énorme goulée d'air alors qu'il se mettait à respirer douloureusement. Des points lumineux explosèrent derrière ses paupières et la souffrance, qui sommeillait dans son cerveau depuis que les hommes l'avaient frappé, tourbillonna brutalement et devint insupportable.

Mais il respirait. Et la voix de la femme paraissait satisfaite.

— Voilà. Continuez. C'est une crise de panique que vous venez d'avoir.

Juste… une crise de panique. Il n'était pas sur le point de mourir comme tout le monde aujourd'hui.

Peu importe ce qu'elle mit dans l'intraveineuse – avec l'aide de sa respiration laborieuse – la douleur fut un peu atténuée. Il cilla, puis ouvrit les yeux et observa la silhouette floue de son infirmière.

Elle lui rappelait son assistante, Kit, ou plutôt la personne à qui Kit ressemblerait d'ici vingt ans ; compétente et attentionnée.

— Ça va mieux ?

Il hocha la tête, de petits mouvements douloureux contre l'oreiller.

— C'est compréhensible après ce que vous avez vécu.

Elle tapota son poignet.

— J'ai ici plusieurs personnes assez pressées de vous voir, mais si vous ne vous sentez pas suffisamment bien, vous pouvez dire non.

— Qu... Qui ? demanda-t-il la bouche sèche.

— Madame Walker ?

L'hésitation dans sa voix lui indiqua qu'elle ignorait quelles pouvaient être ses relations avec Libby.

— Ainsi qu'un agent du FBI.

La tête de Henry se mit à tourner, et il cligna des paupières en levant les yeux sur elle. Les larmes se rassemblèrent au coin de ses paupières.

— Je vais leur dire d'attendre encore un peu.

— Non, non. Je vous en prie.

Il s'humecta faiblement les lèvres.

— Je vous en prie. Madame Walker... Libby. Je dois lui parler.

— OK. Mais dès que vous avez besoin qu'ils partent, je fais vider les lieux. Marché conclu ?

Henry acquiesça de nouveau et l'infirmière s'éloigna du lit. Il entendit le faible sifflement de la porte, puis un murmure de voix au-delà.

Libby. Il l'avait laissé tomber, elle allait le haïr pour ça, autant qu'il se haïssait lui-même.

La porte s'ouvrit de nouveau et les paupières de Henry se refermèrent sans sa permission. Il attendit les cris, les mots pleins de colère. Il n'était donc pas préparé à entendre son prénom chuchoté doucement, ainsi que l'étreinte ferme d'une autre main sur la sienne.

— Henry.

Il rouvrit les yeux et tomba sur le regard perdu de Libby penchée sur lui, les yeux rougis et les cheveux en bataille. Il pouvait à peine soutenir son regard ou supporter la douleur brute sur son visage.

— Je suis désolé, murmura-t-il, mais Libby secoua violemment la tête.

— Arrête. Je suis juste soulagée que tu ailles bien, répliqua-t-elle, ravalant un sanglot. Nous n'aurions pas pu supporter de te perdre toi aussi.

Sa voix se brisa et elle laissa tomber sa tête sur son épaule pendant que tout son corps se mettait à trembler.

Ses bras lui semblaient en plomb, mais Henry réussit à lever suffisamment sa main gauche pour lui tapoter l'épaule. Il pouvait sentir ses larmes mouiller sa blouse d'hôpital et traverser le tissu, s'insinuant jusque dans son cœur.

— Je suis désolé, répéta-t-il en la laissant pleurer, ayant l'impression que chaque larme repoussait les siennes.

— Arrête de dire ça.

Les mots étaient étouffés.

— S'il y avait eu un choix à faire, il t'aurait choisi afin que tu ailles bien.

Ses mots lui causèrent une douleur physique.

Libby se redressa lentement, essuyant ses yeux et son nez sur la manche de son pull. Elle était complètement débraillée, bien loin de ce que Henry avait toujours vu d'elle ces deux dernières années.

Elle chancela et agrippa la rampe métallique du lit.

— Je... Je ne sais pas ce que je dois faire. Les avocats ont été contactés. Le conseil d'administration aussi. Je...

Sa voix traîna avant de se briser.

— C'est juste que j'ignore quoi faire. Il y a des choses à organiser...

— Tout a déjà été planifié clairement. Père a fait ça il y a des années, murmura Henry, l'estomac noué et la tête douloureuse. Les avocats vont s'occuper de tout. Et je... Je serai bientôt sorti d'ici et je m'occuperai du reste.

Libby secoua la tête.

— Tu dois te reposer, Henry. Tu as traversé beaucoup de choses.

— Je peux me reposer à la maison.

Il y eut un léger coup frappé à la porte et Libby s'essuya les yeux.

— Oh, mon Dieu, je l'ai laissé à l'extérieur. Il meurt d'envie de te voir.

Henry ne lui prêtait plus attention ; ses pensées erraient vers des choses auxquelles il avait été entraîné à réfléchir : les affaires, l'héritage de son père. Ils lui appartenaient à présent et c'était à lui, pas à Libby, de prendre soin de WalkCom et du nom de Norman Walker.

Exactement comme il était destiné à le faire depuis toujours.

— Comment ?

— Il ne voudra pas croire que tu vas bien avant de le voir de ses propres yeux, dit Libby en se dirigeant vers la porte. Il a même refusé de rester dans un lit d'hôpital.

Le regard de Henry se focalisa sur elle, puis sur la porte. Quand elle l'ouvrit, mais que personne ne pénétra dans la pièce, il se sentit confus – jusqu'à ce que le battant laisse passer un fauteuil roulant qui pénétra à l'intérieur.

Archie.

Un vertige submergea Henry. Ses paupières se serrèrent à la vue de ce mirage. De ce miracle.

Archie.

— Merci, Seigneur.

Archie roula jusqu'à lui. Une main toucha son poignet et il ravala difficilement un sanglot.

Son père était mort, mais Archie était là.

LIBBY MURMURA quelque chose sur le fait de revenir plus tard et Archie entendit la porte se refermer. Enfin, ils furent seuls.

Et Archie put se laisser aller.

— Henry. Ouvre les yeux, murmura-t-il d'une voix brisée et remplie de larmes tandis qu'il serrait sa main molle. Je suis désolé, tellement désolé.

Le chagrin le submergea, la terreur pure que Henry veuille le blâmer – il devait lui expliquer à quel point il s'était battu, à quel point il avait essayé de les rejoindre, lui et son père, avant que les hommes ne les attrapent. Il avait besoin de s'excuser de s'être fait tirer dessus, d'avoir été assommé. Pour ne pas avoir fait la seule chose pour laquelle il avait été recruté : protéger Henry.

— J'ai...

La voix de Henry s'affaiblit, pleine de souffrance.

— J'ai essayé, je te jure que je l'ai fait, répéta Archie. J'ai essayé de me lever. J'ai réussi à voir une partie de la plaque d'immatriculation. J'ai appelé la police.

— Archie.

Henry tourna la tête et ouvrit les yeux, le visage empreint de douleur.

— Je suis tellement désolé pour…

Sa voix s'étouffa. Il avait perdu son père à l'âge de seize ans, mais il lui avait été retiré bien des années avant ça, par le jeu et l'alcool. Archie n'avait jamais regretté le décès de son père autant que son absence. Et il avait encore sa mère.

Henry n'avait plus personne.

Se mordant les lèvres, ce dernier remua faiblement contre sa main.

— Son cœur, souffla-t-il.

— Je sais.

— Il…

— Je sais. Je suis navré.

— Je…

Henry s'interrompit, levant les yeux sur lui avec une expression suppliante.

— Je ne sais pas ce que je dois faire.

Le fauteuil vacilla quand Archie se releva à l'aide d'une main. Il ne pouvait pas porter trop de poids sur sa jambe blessée, ni garder l'équilibre avec tous les médicaments injectés dans son corps, mais, à cet instant précis, rien n'aurait pu l'empêcher de se rapprocher de Henry.

— Tu récupères. Tu reprends des forces. Ensuite, nous trouverons une solution, murmura-t-il en se penchant sur lui pour chuchoter à son oreille.

Henry hocha la tête et son souffle s'accéléra comme sa main se refermait sur le peignoir d'Archie.

— Je dois parler à l'agent du FBI.

— Il peut attendre.

— Nous devons découvrir qui a fait ça ; ils ont tué mon père, s'étrangla-t-il.

— Ils sont morts. Tous ceux qui étaient présents à l'hôtel.

76

Archie sentit son corps s'affaiblir ; il s'assit au bord du lit, allégeant le poids sur sa jambe.

— Quand ils sont venus vous sauver... l'équipe d'intervention les a tous abattus.

Henry cligna des paupières en l'observant, clairement confus.

— Ils sont tous morts ?

— Ouais. Une infirmière l'a dit aux policiers.

Il évita de parler du moment où il avait dangereusement repoussé les effets des antidouleurs pour pouvoir obtenir cette information, prêt à tout pour savoir ce qui se passait.

— Oh.

C'était un tout petit mot, calme et faible.

— Alors tu dois te concentrer sur ta guérison. Et te reposer, répéta Archie. OK ?

Henry battit des paupières, les pupilles dans le vague et brumeuses. Mais, après quelques secondes, il acquiesça, serrant la main d'Archie.

— OK. Mais... toi aussi. Tu es blessé.

— C'est juste une égratignure, balaya Archie de la main. Je vais bien, Henry, je te le promets.

Cette phrase sembla produire une surdose de larmes et les traits de Henry se détendirent. Les ecchymoses de l'accident et de l'attaque qui avait suivi commençaient à se montrer autour de sa mâchoire et près de ses tempes, et Archie souhaita très fort que ses agresseurs ne soient pas encore morts.

Il ne voulait que cinq minutes avec eux. C'est tout ce dont il aurait besoin.

Un coup frappé à la porte les fit sursauter. Archie se déplaça automatiquement pour protéger Henry.

La porte s'ouvrit et un homme en costume sombre pénétra à l'intérieur.

— Excusez-moi... Je suis l'agent Feller. J'espérais pouvoir vous parler, monsieur Walker.

Archie ne répondit rien ; il se tourna vers Henry, fouillant son visage pour obtenir ses directives. Il n'était pas certain que renvoyer l'homme fasse partie de son rôle.

Henry hocha la tête, frottant son pouce sur son poignet.

— Tout va bien. Je vais lui parler. Tu... Retourne t'allonger. Je t'en prie.

Le ton doux et suppliant le convainquit. À contrecœur, Archie relâcha sa main – leur intimité dissimulée par la silhouette massive d'Archie – et se baissa avec un soupir pour reprendre sa place dans le fauteuil roulant.

— Dis à l'infirmière de venir me chercher si tu as besoin de quoi que ce soit, murmura Archie, à l'affût d'un minuscule sourire, à l'affût du moindre signe de reconnaissance.

Il obtint les deux. Ce n'est qu'à ce moment-là qu'il pivota pour faire face à l'homme, le regard froid.

— Veuillez m'excuser, dit-il poliment en roulant vers la porte.

L'agent l'ouvrit, lui laissant suffisamment de place pour qu'il puisse manœuvrer.

Archie résista à l'envie de jeter un œil en arrière.

VI

— Monsieur Walker… Avant tout, permettez-moi de vous exprimer toutes mes condoléances pour votre perte, dit l'agent Feller avec aisance, debout à côté de son lit.

Il s'était présenté et avait sorti un badge que Henry pouvait à peine lire.

— Merci.

— J'apprécie que vous puissiez me parler dans un moment aussi difficile, mais plus vite nous récolterons les informations nécessaires, meilleures seront nos chances de résoudre cette affaire.

Henry lutta pour se mouvoir – tout commençait à le faire souffrir.

— Je croyais qu'ils étaient tous morts – les kidnappeurs. À l'hôtel.

L'agent Feller cligna plusieurs fois des paupières avant de hocher lentement la tête.

— Oui, c'est correct.

Il ne lui demanda pas comment il le savait.

— Nous voulons juste nous assurer qu'ils sont bien les seuls instigateurs de ce crime.

Henry n'avait pas songé à cela ; il s'immobilisa et fixa l'agent Feller.

— Comment ça ?

— Nous voulons nous assurer que personne d'autre n'est impliqué.

— Oh.

Henry s'enfonça dans le matelas.

— Très bien. Je vous raconterai ce dont je me souviens, mais honnêtement, tout est un petit peu flou pour le moment.

— Bien sûr.

L'homme plus âgé fouilla sa poche pour en sortir un petit carnet en cuir noir.

— Pouvez-vous me dire ce que vous vous rappelez des dernières vingt-quatre heures ?

79

Henry lui offrit une version allégée des événements – il évita le passage au bungalow avec Archie, parce que ça n'avait pas d'importance – et évoqua plusieurs souvenirs de l'attaque de leur voiture, puis la captivité qui avait suivi à l'hôtel. Quand il atteint le moment de leur sauvetage et le décès de son père, il commença à s'étrangler.

L'agent Feller nota une ou deux lignes en plus, puis hocha la tête.

— Puis-je vous poser des questions sur les employés de votre père ? Qui sont les personnes les plus proches des opérations quotidiennes ?

— Euh… Maria DeClavo, son assistante. Elle travaille pour lui depuis trente ans. Son bras droit, David. Il était déjà dans l'entreprise à l'époque où mon père l'a reprise.

— Et à la maison ?

— Magnus, le majordome. Hilary Keys est la gouvernante.

— Des chauffeurs ?

Henry songea à Archie avec envie, à l'abri dans une autre chambre.

— Paul Darden conduit… conduisait mon père. Et il y a Archie Banks.

Il y eut une pause dans l'écriture et l'agent Feller braqua son regard sur le visage de Henry.

— Votre garde du corps.

— Eh bien… oui. C'est son rôle.

Il haussa les épaules.

—Même si, jusqu'à aujourd'hui, nous n'avions jamais eu de problème.

Un problème. Ça, c'était l'euphémisme du siècle.

— Il est pourtant armé.

— Oui. Père y tenait.

Il était ironique que ça n'ait rien apporté de bon.

L'agent émit un petit son du fond de la gorge.

— Monsieur Banks travaille pour vous depuis cinq ans ?

— Eh bien, il a été mon garde du corps et mon chauffeur durant toute cette période. Avant ça, il travaillait sur le domaine. Il a… grandi ici. Sa mère était notre gouvernante.

— Alors il est parfaitement au courant de la manière dont les choses se déroulent chaque jour – à la fois à la maison et au bureau ?

Henry battit des paupières à son adresse.

80

— Oui. Bien sûr.

— Était-ce habituel pour lui de conduire votre père ?

— Non, pas vraiment.

Il sentit son visage se tordre en un froncement de sourcils.

— C'était… juste la manière dont les choses se sont trouvées. Mon père m'a demandé de venir dîner avec lui, j'ai dormi à la maison. Au matin, nous avions cette réunion. Et Archie nous y a tous conduits.

— Et le trajet ?

— Le trajet ? Je ne sais pas. Il a pris les petites routes pour éviter la circulation.

Sa migraine était en train de reprendre de la vigueur et la nausée était de retour.

— Pourquoi me demandez-vous toutes ces choses ?

— Je me contente de rassembler les informations.

L'agent Feller referma son calepin, glissant le stylo sur la tranche.

— Je vais vous laisser ma carte au cas où vous vous souviendriez d'autre chose. Mais je resterai en contact pour poursuivre mon enquête.

— Très bien.

Henry ne chercha pas à étouffer l'ennui présent dans sa voix. Il ferma les yeux, tournant sa tête sur le côté – loin de l'agent Feller – lui indiquant clairement que la conversation était terminée.

HENRY S'ASSOUPIT, se réveillant deux fois au cours des heures qui suivirent ; une infirmière prit ses constantes et le docteur Brighton revint pour projeter une petite lumière dans ses yeux et l'interroger sur la date du jour.

— Commotion cérébrale, lui apprit-il. Assez sérieuse. Nous allons vous faire passer un scanner dans la matinée…

— Quand pourrai-je rentrer à la maison ? l'interrompit Henry.

Les pensées continuelles qu'il entretenait au sujet de son père – les choses qu'il n'avait pas faites, ni dites – avaient cédé la place à un calme sourd. Il avait des choses à faire dont il ne pouvait pas s'occuper depuis ce lit.

— Je vous conseillerais de passer les prochains jours ici…

— Non.

Les mains de Henry remuaient continuellement sur les couvertures et ses pieds s'agitaient contre le matelas. Son regard se posait partout sauf là où le docteur se tenait.

— Je peux me reposer à la maison. À moins que je ne sois en danger de mort, je veux rentrer chez moi.

Le docteur Brighton ravala un soupir.

— Après le scanner, si tout semble normal, je vous laisserai partir.

— Bien. Merci.

La conversation était terminée.

Norman aurait été fier.

LIBBY REVINT dans la matinée – lavée, changée et impeccable dans un pull noir léger et un pantalon. Elle apportait un large bouquet de tulipes orange dans un vase en cristal.

— Henry chéri, comment te sens-tu ? demanda-t-elle, sa voix rauque étant la seule preuve de l'état dans lequel elle avait passé la nuit.

— Je n'en peux plus de ce lit, marmonna-t-il, grincheux et agité après une nuit de sommeil sporadique.

Durant des heures, de terribles rêves et des souvenirs douloureux l'avaient ballotté comme une minuscule embarcation au milieu d'une tempête. Puis, il s'était souvenu que son père était allongé dans un tiroir métallique et glacé quelque part dans le bâtiment, et son estomac s'était noué.

— J'imagine, dit-elle en plaçant le vase sur la table roulante près de son lit. J'ai parlé au médecin. Il dit que tu devrais pouvoir quitter l'hôpital dans quelques heures.

— Bien.

Henry s'assit avec difficulté ; son corps le faisait souffrir tandis que de nouvelles ecchymoses semblaient s'épanouir chaque fois qu'il bougeait.

— Il y a du nouveau. Les avocats m'ont contactée. David a parlé au conseil d'administration également.

Sa voix s'étouffa.

— Comment va David ?

Bon sang, il se sentait mal – comment avait-il pu oublier son parrain ?

— Il va bien. Il est secoué. Triste.

Libby lui fit face, ayant terminé d'arranger les fleurs. Elle agrippa la rambarde métallique à deux mains.

— Comme nous le sommes tous.

Henry tendit la main pour prendre la sienne ; il pouvait sentir les légers frissons – il n'était pas certain de savoir s'ils venaient d'elle ou de lui.

— L'agent du FBI m'a parlé, lâcha Libby avant qu'il ne puisse dire quoi que ce soit.

— Et ?

A-t-il posé des questions sur Archie ?

— Il a posé des questions sur les employés.

Elle se mordit la lèvre.

— C'était étrange. Il voulait savoir depuis combien de temps Paul et Hilary travaillaient pour nous.

Un étrange soulagement parcourut son corps.

— C'est la routine. Ils doivent éliminer les gens qui nous sont le plus proches avant de pouvoir poursuivre l'enquête à l'extérieur, dit-il avec bien plus de confiance qu'il n'en éprouvait.

— Bien, soupira Libby. Ils vont parler à tout le monde, n'est-ce pas ?

— Oui.

Ses yeux brillèrent de larmes contenues alors que son étreinte se resserrait autour de ses doigts.

— Tout cela est juste si horriblement bouleversant. Imaginer que quelqu'un, n'importe qui, travaillant pour nous…

Henry hocha la tête, incapable de la rassurer. Il voulait croire qu'au-delà d'un chèque mensuel, les gens qui travaillaient pour sa famille ne les haïssaient pas suffisamment pour commettre un acte aussi terrible. Son père était loin d'être un homme facile, mais il ne méritait pas de mourir.

— Espérons qu'ils ne trouvent rien, dit-il finalement.

Un coup frappé à la porte lui épargna de poursuivre cette conversation avec de plates banalités.

ARCHIE ENDURAIT une visite prolongée d'un médecin très sûre d'elle – une femme à la diction rapide nommée Vika Vikari – et ses mains froides. Elle manipula sa jambe en partant du principe que la minuscule pilule qu'il avait absorbée à six heures du matin était suffisante pour atténuer la douleur.

Ce n'était pas le cas.

Il serra les dents pendant qu'elle bandait la blessure.

— Je souhaiterais vous laisser partir ce soir, à condition que vous n'ayez pas de température et que vous me promettiez que vous ferez attention. Sans vous appuyer sur votre pied.

Elle sortit une petite lumière et la fit passer devant ses yeux.

— Comment va votre vue ?

— Bien.

— Et votre mal de tête ?

— Pas trop mal.

C'était un tout petit mensonge.

Elle éteignit la lumière et le fixa avec une franche incrédulité.

— Avez-vous un endroit où vous reposer, sans escalier, où quelqu'un pourra s'occuper de vous ?

Archie songea à son appartement sans ascenseur au quatrième étage, à celui de sa mère – au rez-de-chaussée, mais trop petit pour un fauteuil roulant – et hocha la tête, souriant d'une manière qui, il l'espérait, convaincrait le médecin de sa sincérité.

— Je vais m'installer chez ma mère. Elle a un appartement en rez-de-chaussée. Et elle prendra soin de moi.

Il songea brièvement à battre aussi des paupières.

Le docteur Vikara leva les yeux au ciel.

— Bien. Assurez-vous de prendre rendez-vous avec un médecin afin de vérifier votre état de santé. Vous devriez être sorti d'ici ce soir.

Ce fut difficile de ne pas lancer son poing vers le ciel en signe de victoire.

Elle le laissa seul après ça, ce qui lui laissa du temps pour réfléchir – une façon dangereuse de s'occuper. Archie ne put s'empêcher de penser à Henry, de revoir la situation actuelle. Norman Walker était mort. Et il y avait des hommes morts dans des sacs mortuaires, à l'identité toujours inconnue, qui avaient tellement raté leur kidnapping qu'ils avaient dû préparer leur plan le matin même au petit-déjeuner.

Quand il était revenu à lui, il était entouré de débris qui provenaient du Hummer accidenté. Il ne pouvait aller nulle part, ni crier à l'aide, mais il pouvait rester allongé là et se répéter leur plaque inlassablement, le mélange de lettres et de chiffres qu'il avait vu avant de s'évanouir.

Van bleu. Milieu des années 90. J87, peut-être un 4. Peut-être un R.

Van bleu. Milieu des années 90. J87, peut-être un 4. Peut-être un R.

Un camion de boulangerie qui passait par là l'avait découvert vingt minutes plus tard. Le jeune homme paniqué avait appelé le 911 tout en s'approchant de lui avec prudence. Le soulagement l'avait submergé quand il avait été convaincu que, oui, la police allait arriver. *Oui. Ne t'inquiète pas.* Ils étaient en route.

Puis, le jeune homme avait roulé son tablier en boule et l'avait appuyé contre l'éraflure sanglante due à un coup de feu sur sa cuisse gauche.

Tout du long, la plus grande crainte d'Archie était dirigée vers Henry. Une terreur glaçante de ne pas savoir où il était, de ne pas connaître les intentions des kidnappeurs. Avant que les ambulanciers ne lui donnent un sédatif, il se blessa en voulant se relever, rempli d'effroi.

Où était Henry ?

Qu'allaient-ils lui faire ?

Pourquoi n'avait-il pas été capable de les arrêter ?

À présent, couché dans un lit d'hôpital, il avait plus de temps et la tête plus claire pour y penser.

Les yeux fermés, Archie réexamina les événements. Notamment le choc dans le Hummer – provenant de la droite, les poussant hors de la route pour les précipiter dans un groupe d'arbres. Le timing était soit parfaitement calculé, soit complètement lié à la chance. Ça le déstabilisait – même si ça pouvait fort bien être de la chance.

Norman était assis au centre, David à sa gauche et Henry à sa droite. Était-ce l'organisation habituelle ?

Oui.

Quand Archie s'était réveillé, il se trouvait à l'extérieur du Hummer et on lui avait déjà tiré dessus. L'avaient-ils raté quand ils avaient essayé de le tuer ? Sa blessure était-elle un accident ? Pourquoi pas de second coup de feu ?

Ils avaient pris son arme.

Ils l'avaient assommé, l'avaient abandonné blessé, mais pas mortellement.

Pourquoi ne pas l'avoir emmené avec eux ?

Archie rouvrit les yeux et fixa le plafond enduit. Ils l'avaient laissé en vie alors qu'il était un témoin potentiel. L'homme le mieux entraîné du groupe, celui qui serait le plus à même de donner une description de la situation.

Pourquoi ?

Il soupira, ramenant les couvertures sur son épaule. Dieu seul savait à quel point il était reconnaissant d'être en vie. Les gardes du corps finissaient généralement en héros ou morts dans des situations comme celle-là. Mais tout était si déroutant.

Les kidnappeurs – tous les cinq – étaient morts à l'hôtel. Un hôtel situé à peine à huit kilomètres de l'endroit où ils avaient été enlevés. Aucune demande de rançon, aucun appel, aucune requête. Il avait fallu moins d'une heure pour localiser le van, l'hôtel et sauver les otages.

Pourquoi ?

IL REFIT surface quelques heures plus tard, lorsqu'une aide-soignante ouvrit la porte avec un plateau-repas. Après son départ, un homme en costume bleu sombre pénétra à son tour dans la pièce.

— Monsieur Banks ? demanda l'homme tandis qu'Archie retirait l'opercule d'un plat de pâtes molles.

— Oui ?

— Avez-vous une seconde à m'accorder ?

Il s'approcha du lit, tenant son badge pour qu'il puisse le lire.

— Agent Turner, FBI.

— Bien sûr.

Archie recouvrit sa nourriture et repoussa la tablette sur le côté. Il se redressa rapidement, pressé d'aider à faire avancer l'enquête par tous les moyens.

— J'étais surpris que personne ne me parle hier.

L'agent Turner était jeune et très beau, plus star de cinéma qu'autre chose. Son sourire était aimable lorsqu'il s'approcha du lit.

— J'ai juste quelques questions.

Le sourire d'Archie vacilla.

— Vous n'avez pas besoin de ma déposition complète ?

— Pas pour l'instant.

L'agent Turner sortit un petit carnet à spirales de sa poche ainsi qu'un stylo bille.

Le malaise commença à lui nouer l'estomac.

— C'EST UNE tragédie, dit David Silver en s'asseyant près du lit de Henry. Une terrible tragédie. Je suis heureux qu'ils soient tous morts, Henry, vraiment. Parce que s'ils ne l'étaient pas…

Sa voix se brisa légèrement alors qu'il secouait la tête. Les dernières vingt-quatre heures avaient accablé le vieil homme. Elles les avaient tous accablés.

— Oui, murmura Henry, car il ne pouvait trouver autre chose à dire.

David était arrivé, s'était assis et avait commencé à fulminer d'une manière quelque peu agitée pendant vingt bonnes minutes.

Henry était piégé.

Libby ne s'attarda pas plus de quelques minutes lorsqu'il arriva. Ils échangèrent des paroles polies ; David et Norman avaient été proches pendant toutes les années où les différentes mesdames Walker s'étaient succédé, mais il n'avait été garçon d'honneur que lors du mariage de son ami et de Camille. Ça en disait long sur son état d'esprit, d'après les commères. David n'avait jamais approuvé les différentes épouses de Norman. La mère de Henry était celle qu'il préférait.

— Tout repose sur toi à présent, Henry. Absolument tout. Les affaires, le futur.

Ses yeux sombres se plissèrent en le fixant.

— Tout.

— Bien sûr.

Il était l'héritier manifeste, la légende de presque tous les journaux et magazines existants depuis qu'il avait onze ans. Le prochain Norman Walker.

Ça lui faisait tourner la tête.

Cependant, il était un adulte, proche de la trentaine, bien éduqué et entouré de quelques-uns des meilleurs esprits professionnels du monde. Il pouvait le faire.

Bien sûr, chuchota une petite voix dans son esprit. Mais, n'oublie pas que l'un d'eux a orchestré la catastrophe qui a tué ton père.

— Les funérailles auront lieu après-demain, le testament sera lu juste après. C'est ce que ton père souhaitait, radota David. J'ai reporté la réunion du conseil à lundi.

Il lui jeta un coup d'œil vif.

— Tu pourras y assister ?

— Quoi ? Oui, bien sûr. Ils me laissent sortir dans la journée.

D'une main, David se frotta les yeux.

— Parfait. Je rentre à la maison. Je passerai te voir demain.

Henry acquiesça. Il accepta l'étreinte affectueuse sur son poignet en signe d'affection, puis il le regarda refermer la porte.

Il eut à peine le temps de se reposer qu'un second coup se fit entendre.

— Entrez.

Il soupira, mourant d'envie de faire une sieste. Mourant d'envie de partir d'ici et de… quoi au juste ? Retourner dans la maison de son père, à présent hantée par deux fantômes, deux blocs de souvenirs de vies disparues en un instant ?

La porte s'ouvrit et le bruit d'un fauteuil roulant ramena le spectre d'un sourire sur son visage.

— Archie.

— Bon Dieu, ce stupide machin…, râla Archie, mais il se dérida en le voyant.

— J'ai demandé des béquilles et tout le monde s'est marré.

— Clairement, ils ne t'ont jamais vu tenter de manœuvrer ce machin.

Archie parvint à se libérer de la porte et roula vers Henry.

— Comment te sens-tu ?

— Bien.

Henry soutint son regard avant de flancher rapidement.

— Si l'on met de côté la migraine et l'énorme crainte de retourner à la maison. Devoir…

Sa voix mourut et Archie n'insista pas. Leurs mains se frôlèrent, posées sur le matelas.

— Les choses vont s'arranger.

— David m'a dit que les funérailles auraient lieu après-demain ; qu'ils vont ensuite lire le testament.

Henry tressaillit, agité. Il laissa le bout de ses doigts effleurer le poignet d'Archie.

— Ils vont vouloir que je parle au cours du service.

— Non. Non, pas si tu ne le souhaites pas. Je pense qu'ils comprendront si tu refuses.

— Il aurait voulu que je m'exprime, dit finalement Henry.

Il ne lut que de la compréhension dans le regard d'Archie.

— Je ne peux pas dire le contraire.

Ils restèrent assis en silence, en se touchant presque, Henry retirant un certain confort de la présence de son ami, comme c'était le cas depuis tant d'années. Compagnon, ami, amant.

— J'étais tellement effrayé quand j'étais dans cette pièce, chuchota Henry, le regard posé sur la peau douce et tannée de l'avant-bras d'Archie, sur les quelques poils blond foncé sortant de sous la manche de sa robe de chambre.

— Évidemment. Ça devait être terrifiant.

— J'avais… J'avais peur que tu sois mort.

Les mots se précipitèrent les uns derrière les autres, partant de son cerveau, puis dérapant sur sa langue. Un feu glacé se mit à ramper le long de sa peau – ils ne se parlaient jamais ainsi. Jamais.

— Oh.

Henry ne leva pas les yeux, mais il n'avait pas à le faire, car Archie se déplaçait, appuyant ses coudes sur le matelas pour se relever.

Son visage – magnifique, même s'il était marqué et pâle – se figea à seulement quelques millimètres de celui de Henry, son expression incroyablement sérieuse.

— Tout ce à quoi je pouvais penser, c'était où tu étais et comment te trouver, murmura Archie.

Le cœur de Henry tressauta. Le baiser n'était ni doux ni sexy, mais le contact de la bouche d'Archie sur la sienne fut la meilleure chose qu'il ait jamais éprouvée de sa vie. Des lèvres gercées, des joues abîmées et des mains faibles mises ensemble, c'était formidable et merveilleux.

Archie modifia juste assez l'angle pour se rapprocher encore plus, léchant la ligne de ses lèvres. Et il n'hésita pas à une seconde avant d'ouvrir la bouche, étouffant un gémissement quand leurs langues se touchèrent.

Ils ne faisaient jamais ça ; ils ne s'embrassaient pas en dehors du sexe.

Ni ne parlaient.

Ou se confiaient.

Archie le tint tendrement contre lui, un bras passé dans son dos, sa main encadrant son visage pendant qu'il approfondissait le baiser. La passivité de Henry fit place à l'avidité ; il aspira sa langue, levant une main pour prendre en coupe la nuque d'Archie.

Les choses semblèrent déclencher chaleur et intimité.

Archie pressa Henry contre le lit, et ce fut à cet instant qu'ils brisèrent tous deux le baiser avec des grognements irrités.

— Merde, je vais finir par tomber par terre.

Archie se tordit les bras pour s'éloigner, se rattrapant tout juste avant de se couler dans son fauteuil roulant. Ses joues étaient écarlates, ses lèvres rouges et mordillées, et Henry aurait aimé pouvoir se glisser contre lui.

Au lieu de ça, il tendit la main pour frotter deux doigts contre ses lèvres, lui arrachant un grognement qui lui révéla clairement une autre forme de souffrance.

— Reviens au domaine avec moi.

Et voilà qu'il continuait à lui assener des paroles inattendues.

La surprise se peignit sur le visage d'Archie. Il observa Henry, puis son regard s'égara et il cligna des paupières.

— Il y aura des gens pour s'occuper de toi. Ta mère peut rester sur place, elle aussi ; il y a des tas de chambres. La suite des invités possède tout ce dont tu peux avoir besoin et la pièce est suffisamment grande pour un fauteuil roulant, poursuivit Henry, avalant sa salive entre chaque phrase. Et j'ai juste… J'ai juste vraiment besoin de…

Toi.

Parce qu'Archie le connaissait bien, il ne l'obligea pas à le dire. Au lieu de ça, il le fixa en souriant et hocha la tête.

— Si tu es convaincu que c'est une bonne chose.

— Personne ne discutera le fait que tu passes ta convalescence à la maison, murmura Henry, le cœur battant trois fois trop vite. Nous resterons discrets.

— Bien sûr, répondit hâtivement Archie.

Il recula le fauteuil de quelques centimètres comme si, inconsciemment, il réagissait au souvenir de quelque chose ; à la maison, ils ne seraient que Henry Walker et son fidèle garde du corps blessé, Archie Banks. Indépendants et séparés.

Henry se désespérait. Les attentes avec lesquelles il avait vécu toute sa vie – ce jour lointain où il deviendrait le successeur de Norman – venaient soudainement de disparaître au profit de la réalité. Ce n'était plus « un jour lointain ». C'était maintenant.

Quand le testament serait lu dans deux jours, ce serait officiel.

Et la seule personne qui ne le traitait pas comme le fils de Norman était Archie.

— On va se débrouiller.

Archie pencha la tête sur le côté en l'observant, perplexe. Un sourire se peignit finalement sur son visage.

— Tu vas avoir beaucoup à faire, dit-il doucement. Je serai là si tu as besoin de quoi que ce soit. Mais, Henry, sache que je n'attends rien.

— Merci, chuchota-t-il même si ce n'était pas ce qu'il voulait entendre.

EVELYN APPORTA des vêtements à Archie. Ils faisaient un beau couple tous les deux avec leur mauvaise jambe, incapables de se déplacer rapidement ou avec fluidité. Mais ils étaient ensemble, comme c'était le cas pour Archie depuis toujours. Aujourd'hui, alors que sa mère l'aidait à enfiler un survêtement et un tee-shirt, c'était le statu quo.

Excepté qu'Archie souffrait d'une blessure par balle à la cuisse gauche, que son patron était mort et qu'il allait devoir se rendre au domaine des Walker pour se soigner.

— Tu es d'accord pour m'accompagner ? demanda-t-il, agitant ses pieds avec précaution dans des pantoufles en laine.

— J'ai travaillé là-bas pendant vingt-cinq ans, Archie, dit-elle dans un souffle en tirant un anorak de son sac. Je peux y retourner quelques semaines.

— Je doute que ça prenne autant de temps.

Sa voix mourut. Qu'est-ce qui ne prendrait pas autant de temps ? Se sentir mieux ? Cesser de surveiller Henry ?

Il n'en avait vraiment aucune idée.

— Autant de temps qu'il faudra.

C'était visiblement ses derniers mots à ce sujet tandis qu'elle secouait la veste vers lui.

— Ils envoient une voiture, alors ?

— Oui, m'man.

Il enfila la veste, puis garda ses mains devant lui. Chaque heure passée, quelque chose se mettait à lui faire mal et à palpiter à l'intérieur de lui. Il se mit à inspirer au rythme de sa souffrance.

— Nous devons nous arrêter à la pharmacie pour reprendre des antidouleurs.

Evelyn commença à s'agiter, boitillant autour de lui avec sa canne pendant qu'elle rassemblait ses affaires – quelques cartes et un bouquet de fleurs offert par Libby Walker – avant de s'apprêter à partir.

— As-tu besoin de quoi que ce soit de ton appartement ?

— Mon ordinateur portable.

Il se tassa sur lui-même en songeant à ses devoirs.

Il se rappela l'entretien programmé le jour d'avant pour lequel il n'avait même pas pu appeler afin de le reporter. *Désolé, j'étais dans le brouillard à cause de la douleur et j'essayais de m'en sortir.*

— Très bien. On s'y arrêtera. Tu resteras dans la voiture, ordonna-t-elle froidement, lui jetant un regard de ses yeux verts.

— Maman, tu n'es pas censée te déplacer partout…

— Songes-y comme à une nouvelle thérapie, l'interrompit-elle. Et chut. Je suis ta mère et ceci est mon rôle.

Archie sourit en entendant ces mots, résolu à tenir sa langue et à la laisser faire le minimum pour l'aider.

— Souviens-toi, tu es là pour m'aider. Alors, reste en dehors de la cuisine, la taquina-t-il.

Elle s'arrêta et lui lança un regard méprisant.

— Je ferai ce qu'il y a à faire, dit-elle d'un ton diplomatique.

Une sonnerie l'obligea à fouiller au fond de ses poches.

— La voiture est en bas, chéri.

Elle referma son ancien téléphone portable.

— Je vais aller chercher l'infirmière.

Finalement, il leur fallut presque quinze minutes pour placer Archie et les autres à l'arrière d'une limousine de location. Alors qu'ils roulaient en direction du domaine, Archie se sentit épuisé.

Et il n'avait même pas eu le temps de voir Henry avant de partir.

— C'est dingue, dit Evelyn, attirant l'attention de son fils.

Elle se tordit les mains d'inquiétude.

— Je sais.

Il n'avait pas besoin de lui demander à quoi elle faisait référence.

— J'espère que tout est terminé. Et que tous ces horribles hommes auront à se justifier.

Evelyn soupira ; leurs mains se cherchèrent et se trouvèrent presque en même temps.

— Je ne veux même pas imaginer que l'un d'eux puisse être encore en liberté là dehors, entretenant de telles idées noires sur Henry.

Archie hocha la tête, serrant la main de sa mère.

Il en doutait.

VII

HILARY LES accueillit devant la porte principale avec des yeux rougis. Elle portait du noir de la tête aux pieds. Evelyn et elle s'embrassèrent pendant que Magnus dirigeait le chauffeur de la limousine vers l'endroit où il devait porter les bagages. Archie prit son temps avant de rejoindre le vestibule, se préparant à la précipitation des gens qui allaient s'agiter autour de lui.

— Un héros, fanfaronna Magnus en lui agrippant le bras et en le menant vers la suite des invités située au rez-de-chaussée, à l'arrière de la maison. Si tu as besoin de quoi que ce soit, Archie, surtout…

Le vieux majordome atteignait péniblement le sternum d'Archie, et ce dernier tenta de ne pas faire peser trop de poids sur lui de peur de l'écraser.

— Ça va aller.

Il s'effondra sur le lit avec un soupir. La suite possédait une petite chambre, un séjour, une salle de bain particulière, le tout dans des tons gris sombre et des notes de bleu Tiffany. Un très grand bouquet de roses blanches était placé sur la commode.

C'était la fameuse chambre d'amis qu'il avait un jour convoitée.

— Honnêtement, Magnus, j'ai juste besoin d'un jour ou deux sans m'appuyer sur mon pied. Après, je pourrai de nouveau t'apporter mon aide.

Magnus exprima sa désapprobation.

— Tss, tss. Madame Walker nous a donné des consignes spécifiques, jeune homme : tu dois être traité comme un invité. Il n'y aura aucun travail, rien d'autre que du repos pour toi jusqu'à ce que ton médecin de famille t'examine.

L'expression sur son visage indiquait qu'il ne fallait pas chercher à lui jouer un tour, surtout quand Hilary et Evelyn pénétrèrent dans la pièce. Archie était totalement dépassé.

— C'est bon à entendre, Magnus.

Evelyn lâcha le bras de Hilary et prit place dans un fauteuil à fleurs placé dans un coin. Elle soupira et Archie sut que sa jambe la tourmentait.

— Bien sûr, je serai totalement dispon...

Hilary ne la laissa pas finir.

— Même si je suis convaincue que chacun appréciera de vous voir encadrer certaines choses, vous n'êtes pas ici pour travailler, Evelyn – juste pour vous détendre et être avec Archie.

— Mais avec le nombre de visiteurs que nous allons avoir dans les prochains jours...

— Juste de l'encadrement, lui rappela Hilary.

Elle tapota gentiment le pied d'Archie.

— Madame Walker a été catégorique. Vous êtes nos invités.

Un silence étrange retomba sur la pièce ; avaient-ils parlé de ce qui s'était passé ? Evelyn brisa le silence la première – elle soupira de façon dramatique et secoua la tête.

— Trop de décès dans la vie de cet enfant, dit-elle tristement.

Magnus acquiesça.

— On dirait que c'était hier que nous devions gérer la disparition de madame Walker.

— C'était il y a vingt-et-un ans ? Vingt-deux ?

Magnus parut feuilleter le calendrier sans fin de sa mémoire, les yeux dans le vague.

— Henry était une toute petite chose.

— Nous avions cinq ans, ou dans ces eaux-là.

Chacun se tourna vers Archie. Il se détourna alors pour fixer le tissage de l'édredon.

— Mon père et moi venions juste d'arriver de Londres.

Il avait été terrifié de se retrouver dans un nouveau pays, mais si heureux de revoir sa mère après deux ans d'absence. Vivre avec sa grand-mère n'était pas le pire. Son père venait le voir de temps en temps, et Evelyn et lui se parlaient fréquemment au téléphone. Ils avaient abandonné leur petit appartement au-dessus de la boulangerie et avaient traversé l'océan jusqu'à une grande maison où les « quartiers des employés » lui avaient paru luxueux en comparaison de l'endroit d'où il venait.

Après avoir été câliné presque à mort par une maman en larmes, Archie avait été lavé et habillé avec des vêtements propres et neufs, puis amené dans le vestibule pour y rencontrer les Walker : Norman s'était montré indifférent, Camille blonde et éthérée. Et puis, il y avait eu un minuscule Henry, qui se cachait derrière les jupes de sa mère à la vue d'un garçon de son âge. Il n'en était jamais complètement sorti, lui jetant juste un coup d'œil de ses yeux bleus pendant que les adultes conversaient.

Archie avait été impatient avec le petit garçon – n'étaient-ils pas censés être camarades de jeux ? Ne voulait-il pas courir à travers les grands espaces qui entouraient cette merveilleuse maison ?

Deux semaines plus tard, Norman était à Hong Kong, Camille était morte et Evelyn l'avait pris sur ses genoux, avait repoussé ses cheveux de ses yeux pour lui dire tristement :

— Henry a perdu sa maman. Tu dois être gentil avec lui.

À PRÉSENT, vingt-cinq ans plus tard, Henry venait de perdre son père.

Et Archie voulait être gentil avec lui. Il voulait le protéger de ce qui n'allait pas tarder à arriver.

La voix de sa mère le tira de ses souvenirs brumeux, et il s'en arracha.

— Allons, laissons-le se reposer.

— Je suis désolé.

— Allons, allons. Je vais aller à la cuisine pour que Hilary me serve le thé, étant donné que je suis moi-même une invitée, dit-elle sèchement. Toi, tu dors. Nous t'apporterons de la soupe un peu plus tard.

Magnus l'aida à se remettre sur pied. Elle vacilla jusqu'au lit pour déposer un baiser sur la joue de son fils.

— Merci, maman.

Il lui sourit avec reconnaissance.

— Réveille-moi lorsque Henry sera rentré, s'il te plaît.

Elle ne lui demanda pas pourquoi, se contentant d'acquiescer. Elle fit courir ses doigts sur le doux duvet autour d'une coupure qu'il s'était faite en se rasant, perdue, semblait-il, dans ses propres souvenirs.

Comme au bon vieux temps.

Malheureusement.

HENRY DORMIT entre l'hôpital et la maison. Libby le réveilla lorsqu'ils arrivèrent, lui tapotant gentiment le bras. À l'extérieur, il commençait à faire sombre, le ciel bleu foncé était marqué de traînées orange.

Le chauffeur l'aida à descendre de la voiture ; il voulut se débarrasser des mains qui rôdaient autour de lui, mais il aurait fallu que le monde cesse de tourner.

Ce n'était pas le cas.

— Hilary m'a envoyé un texto. Archie et Evelyn sont déjà là, bien installés. Je l'ai mis dans la chambre des invités au rez-de-chaussée et Evelyn logera dans la chambre près de celle de Hilary.

Libby jacassait, balançant son sac à main et le grand bouquet de fleurs. La frénésie présente dans sa voix s'étendit jusqu'aux tremblements de ses mains.

— Les traiteurs ont été appelés pour la réception de demain, après les… funérailles.

Sa voix se brisa alors qu'elle se dirigeait vers la porte.

— Je ne voulais pas que Hilary ait trop de choses à gérer avec les invités et le reste.

Henry s'appuya sur le bras du chauffeur, laissant l'homme le guider.

— Bonne idée, dit-il.

Archie était ici ; il voulait voir Archie.

Au sommet des escaliers, Magnus apparut, se précipitant vers Libby qui tenait un vase, avant de la libérer du récipient avec des mains exigeantes.

— Madame, je vous en prie, permettez-moi.

— Merci.

Libby tourna sur elle-même, tendant la main pour atteindre le bras de Henry.

— Je vais t'aider à te rendre à l'étage, puis au lit. Ensuite, je vérifierai le dîner avec Hilary.

— Libby, respire. S'il te plaît.

Henry passa son bras autour de sa taille.

— S'il te plaît.

Elle cessa de parler, mais les tremblements continuèrent à vibrer à travers son corps. Henry songea qu'il aurait dû parler au médecin de famille, pour obtenir quelque chose afin de calmer ses nerfs.

Ils passèrent la porte principale et Henry cligna des paupières – toutes les lumières étaient allumées, chaque lampe de la maison, apparemment. Hilary se tenait bien en vue près du bas des marches, habillée dans son uniforme officiel, celui qui n'était porté que lors d'événements spéciaux qui se tenaient sur le domaine. Magnus, réalisa-t-il, était lui aussi vêtu de son costume de cérémonie. Il se tenait auprès de Hilary, menton relevé. À côté de lui, dans une robe bleue toute simple, les cheveux tirés en arrière, Evelyn l'observait avec amour et sympathie.

Henry eut envie de pleurer.

— Nous souhaitions juste vous accueillir à la maison, monsieur Walker, et les employés vous expriment leurs plus sincères condoléances pour la perte de votre père, dit Magnus, raide et convenable alors même que ses yeux se mettaient à briller. Nous sommes ici pour répondre à vos besoins.

— Merci, dit-il doucement, relâchant le bras du chauffeur pour marcher jusqu'à eux.

Il y réussit avec un succès relatif – du moins, il n'atterrit pas sur le sol.

Il secoua la main de Magnus et répondit au triste signe de tête de Hilary. Quand il s'approcha d'Evelyn, il ne s'embêta pas avec le protocole. Il se pencha vers elle et l'étreignit.

— Mon pauvre garçon, murmura-t-elle. Je suis désolée.

— Est-ce qu'Archie va bien ?

Il baissa la voix autant qu'il le put.

— Il dort. Ça va aller.

Evelyn recula. Elle leva la main pour lui tapoter la joue tendrement.

— Que tu sois de retour à la maison va accélérer sa guérison.

Ils pensaient qu'ils n'étaient qu'amis, juste des amis d'enfance, songea-t-il en tentant de ne rien lire d'autre dans les mots d'Evelyn – ou dans l'étrange l'expression de Libby quand il se tourna vers elle.

— Merci à tous pour votre soutien, dit-elle en se recomposant une attitude. Henry, pourquoi ne vas-tu pas à l'étage et ne t'allonges-tu pas un moment ? Hilary t'apportera ton dîner.

Il hésita un instant à lui dire qu'il n'avait pas faim, mais il était convaincu que cette excuse ne fonctionnerait pas avec les personnes présentes. Il serra la main d'Evelyn, puis se dirigea vers les escaliers.

— De la soupe, l'interpella Evelyn. Tu auras de la soupe et du thé.

— Je n'espérais rien d'autre, murmura-t-il en lui lançant un faible sourire avant de se concentrer sur la volée de marches qui paraissait s'étirer à l'infini au-dessus de lui.

EN DÉPIT de la fatigue et des malaises, Henry réussit à se déshabiller et à aller au lit sans incident. Tout sentait meilleur, ici ; tout était normal, confortable et familier.

Et ce fut à cet instant que ça le frappa, que ça le percuta réellement. Plus rien n'était normal.

La normalité, c'était de voir des étrangers commettre des violences contre sa famille. La normalité, c'était de regarder son père se battre pour respirer, écouter les gens s'excuser parce que personne ne pouvait le sauver. La normalité, c'était cette sensation de malaise et de douleur permanente qui lui dévastait le cerveau. La normalité, c'était sa vie qui appartenait maintenant à WalkCom.

Il pressa son visage contre l'oreiller, incapable d'étouffer les larmes qui se mirent à couler sur ses joues.

Il ne voulait que cinq minutes, juste cinq minutes. Ce serait suffisant pour dire à son père qu'en dépit de tout, il l'aimait. Qu'il comprenait que son monde avait explosé quand sa mère était morte. Comment espérait-on poursuivre quand tout ce qui vous permettait d'avancer disparaissait ?

Votre motivation.

Votre inspiration.

Disparues.

Henry pleura encore un peu, sur son père et sa mère et peut-être aussi sur lui. Quand il n'eut plus de larmes, il roula vers l'oreiller sec et s'endormit d'un sommeil sans rêves.

VIII

LA PROCESSION de voitures s'arrêta dans l'allée du domaine, la limousine transportant Henry, Libby, David et Rebecca Silver en tête. Rebecca et Libby parlaient doucement pendant que David vérifiait son téléphone. Un mal de tête insidieux palpitait derrière les paupières de Henry tandis qu'il reposait sur le siège, la tête penchée sur le côté pour regarder par la fenêtre. La cérémonie au cimetière avait été rude, aussi difficile que le service. Avec la finalité des funérailles, il avait eu la conviction que c'était la fin de l'exposition publique. Tout ce qui suivrait serait du domaine de l'intimité et du chagrin personnel.

La portière s'ouvrit, le conducteur du véhicule de location laissa la lumière du soleil et la chaleur contrer la fraîcheur de l'air conditionné.

— Merci, dit poliment Rebecca en acceptant son aide pour sortir.

David était le suivant, puis finalement Libby qui lui tapota le bras avant de quitter la voiture.

— Monsieur ?

— Henry ? Les avocats sont ici, l'appela David, et il ne put retarder plus longtemps sa sortie.

Il était temps de saluer les amis du défunt qui avaient été invités sur place. Il était temps de découvrir le testament, d'effectuer sa transition officielle en tant que PDG de l'entreprise.

Il était temps.

— Merci, murmura-t-il en glissant sur le siège alors que sa tête continuait à le faire souffrir.

Il accepta l'aide de l'homme, émergeant au son des bavardages feutrés des invités présents. Au bout de la rangée de véhicules, Henry repéra Archie, dépassant littéralement tout le monde de la tête et des épaules. Il avait conduit jusqu'au cimetière avec sa mère, Magnus, Maria et Kit. À présent, le petit groupe se parlait discrètement. En dépit du fait qu'ils vivaient dans la même maison, ils n'avaient pas eu la chance de se parler au cours des dernières trente-six heures. La confusion avait obligé Henry à garder le lit ; la fièvre avait confiné Archie dans sa chambre.

Puis, le flot de visiteurs et les préparations pour la veillée avaient plongé la maison dans la panique. Henry avait eu la sensation de se noyer dans le mouvement humain perpétuel.

— Henry ?

C'était Libby, cette fois.

— Oui, j'arrive.

— Les avocats sont installés dans le bureau.

Il prit son bras et sentit les tremblements qui la secouaient tandis qu'il la serrait contre lui. Ils grimpèrent lentement les marches de l'escalier, le poids de cette journée pesant lourdement sur eux.

Messieurs Dunlop et Harvey s'agitaient avec leurs porte-documents, chuchotant ensemble au moment où Henry et Libby firent leur apparition. Les chaises avaient été placées en demi-cercle autour du bureau de son père – dix au total. Henry sentit une vague de nostalgie et de tristesse l'envahir. Il ne se tiendrait plus jamais dans cette pièce avec son père. Il n'aurait plus jamais la chance de briser le cercle sans fin de déception et de ressentiment dans lequel ils s'étaient piégés.

— Tu devrais t'asseoir, la journée a été longue, murmura Libby en le poussant vers un fauteuil confortable recouvert de damas et situé sur le devant.

— Monsieur Walker, s'exclama M. Dunlop, remarquant seulement leur présence.

Il se hâta vers lui pour lui serrer la main.

— Nous serons prêts à démarrer dès que tout le monde sera là.

Ça ne prit pas longtemps – un jeune homme anxieux habillé de noir apparut à la porte, pressant la foule devant lui pour que chacun prenne un siège.

Henry, déjà assis, les regarda entrer.

David et Rebecca Silver, Magnus, Maria… puis Evelyn, appuyée sur Archie autant qu'il s'appuyait sur elle.

Il se redressa légèrement au moment où l'assistant des avocats referma la porte derrière eux.

— Messieurs Albus et Seamus ne pouvaient pas venir. Ils seront contactés plus tard, annonça Dunlop.

Henry hocha la tête, mais son regard ne quittait pas Archie.

Ce dernier installa sa mère dans une chaise, puis boitilla vers le siège le plus proche.

Qu'est-ce qu'Archie et sa mère faisaient à la lecture du testament ?

Il s'attendait à un legs à Evelyn – elle avait fait partie de la maison et de leur vie durant vingt-cinq ans. Il y avait une liste d'anciens employés qui devaient recevoir un petit pécule en guise de reconnaissance de la part de son père. Ce testament, cependant, était destiné aux legs importants.

Archie était-il uniquement là pour accompagner sa mère ?

Evelyn réalisa que Henry regardait dans leur direction et elle lui adressa un petit signe de la main, le visage empreint de sympathie. Il hocha la tête, sourit – subissant alors un flash-back de son enfance, quand il avait compris qu'il n'avait plus de mère, et que son père n'était pas revenu à la maison depuis des jours. Evelyn avait été présente à chaque fois pour essuyer ses yeux et le prendre sur ses genoux. Il l'associait à un sentiment de bien-être – à la sécurité. Et un rapide coup d'œil à Archie, grand et calme à ses côtés, lui fit éprouver la même chose. C'était ce dont il avait absolument besoin à cet instant.

Libby était en train de dire quelque chose ; Henry se tourna vers elle en se concentrant.

— Ils commencent, Henry, répéta-t-elle, ravalant quelques larmes.

— Oui, bien sûr. Messieurs, allez-y, je vous prie.

C'était à présent son rôle de dire de telles choses. Elles sortaient naturellement de sa bouche, c'était comme respirer. Comme s'il n'avait pas besoin de réfléchir pour qu'elles se produisent.

Les hommes de loi de son père – *ses* hommes, *les siens* – débutèrent avec la transmission des salutations de l'équipe et un déversement de jargon légal. Henry décrocha, laissant sa tête basculer en arrière contre le fauteuil ; ce qui lui offrit la possibilité de jeter un œil autour de lui et d'observer chaque visage.

Il y avait de la tristesse. De la curiosité.

Archie était déjà tourné vers lui, comme s'il attendait que son regard croise le sien. Son souffle se suspendit, un léger son qu'il couvrit avec une toux discrète. Archie baissa les yeux au sol, puis reporta son regard vers les avocats, prétendant s'y intéresser.

Henry connaissait ce regard. C'était celui qu'il arborait au cours des nombreuses remontrances, des avertissements et des leçons de morale subies durant leur enfance – ce qu'il avait enduré en portant le chapeau pour toutes les bêtises que Henry avait faites, pour lesquelles Archie avait payé le prix fort. Personne ne voulait croire que l'adorable petit prince pouvait mal se comporter, ça ne pouvait être que le fils de l'alcoolique.

— Nous débuterons avec les plus petits legs, dit M. Harvey un peu trop fort, comme s'il tentait de rediriger l'attention de Henry sur le présent.

Et ça fonctionna : Henry sourit et hocha la tête.

Magnus fut appelé le premier. Il lutta pour se redresser, ce que M. Dunlop chercha à empêcher, mais ses mots moururent quand il s'éclaircit la gorge.

Le prénom de Magnus était Harold.

Magnus avait un prénom.

— Monsieur Walker souhaitait vous remercier pour toutes vos années de service et votre loyauté vis-à-vis de cette maison et de sa famille, annonça Harvey en s'adressant au vieil homme. Vous avez été un employé exemplaire.

Il regarda de plus près le document qu'il avait entre les mains.

— Monsieur Walker vous lègue, en plus de votre pension et de votre assurance santé à vie, la somme de vingt-cinq mille dollars.

Magnus émit un son étranglé et leva un mouchoir blanc jusqu'à son nez en tentant de garder un visage stoïque. Evelyn Banks lui tapota le bras, chuchotant des sons réconfortants tandis qu'il reprenait lourdement sa place sur sa chaise.

— Un grand homme, un grand homme, put entendre Henry comme leur majordome s'essuyait les yeux en marmonnant toujours.

— Oui.

Dunlop gesticula à l'attention d'Evelyn.

— Je ne me lèverai pas, dit-elle.

Henry ravala un sourire.

— Bien sûr, Madame Banks. Monsieur Walker voulait vous remercier pour vos années de service auprès de sa famille. Plus particulièrement pour votre dévotion vis-à-vis de Henry, son fils bien-aimé.

103

L'oxygène de la pièce disparut ; chaque personne parut inhaler profondément, puis retenir son souffle, bouleversé par l'aspect sentimental.

Dunlop poursuivit.

— Votre amour et votre attachement pour Henry n'étaient liés ni à votre position, ni à votre salaire, mais à votre bon cœur. Et il vous en remercie.

La pause permit à chacun de relâcher son souffle. Henry cligna des paupières jusqu'à ce qu'il puisse de nouveau se concentrer. Il observa Magnus et Archie réconforter une Evelyn qui reniflait en hochant la tête.

— Monsieur Walker vous laisse la somme de cinquante mille dollars en plus de votre pension et du règlement de vos dépenses médicales pour le reste de votre existence.

Evelyn sanglota plus fort que Magnus, pleurant ouvertement dans la boule de tissu qu'elle avait à la main. Archie se pencha près d'elle, chuchotant à son oreille alors qu'elle semblait sur le point de s'effondrer.

Henry dut résister à l'envie de se lever pour aller serrer dans ses bras cette femme qui avait été – pour tant de raisons – une véritable mère de substitution.

M. Harvey s'éclaircit bruyamment la gorge.

— Le legs suivant est destiné à Archie Banks.

Cette fois, David émit un son en se tortillant sur sa chaise. C'était presque de la dérision et Henry braqua son regard sur son parrain. Le vieil homme détourna les yeux alors que Rebecca lui tapotait la jambe.

En quoi cela regardait-il David ?

— M. Banks, Norman Walker souhaitait vous remercier pour votre service. Pas seulement pour les années durant lesquelles vous avez servi en tant qu'employé, mais aussi pour avoir été le compagnon de Henry quand vous étiez enfants.

Les regards de Henry et d'Archie se soudèrent l'un à l'autre, connectés comme des aimants.

— Votre dévotion à Henry, votre allégeance à la famille Walker et votre décision honorable de rembourser les dettes de votre père l'ont grandement impressionné. Et il voulait que vous sachiez que vos prêts étudiants seront remboursés entièrement, et que vous recevrez un salaire de vingt-cinq mille dollars par an au cours des dix prochaines années.

Archie hoqueta et Henry sentit le choc brut et la surprise s'abattre sur lui. Norman n'avait jamais semblé remarquer Archie, encore moins l'avoir considéré comme quelqu'un d'honorable. Ce legs allait au-delà d'un simple merci – il offrait à Archie la possibilité d'effacer son ardoise, de faire disparaître ses emprunts étudiants, sans plus devoir accepter de job dont il ne voulait pas. Le salaire annuel lui offrirait la liberté de choisir le travail qu'il souhaitait. De construire son nid. De se payer un foyer.

C'était bien plus que généreux.

Curieusement, M. Harvey parlait toujours. C'était au tour de Maria cette fois. Elle obtint une pension, un don unique de vingt-cinq mille dollars et le règlement de ses dépenses médicales pour le restant de sa vie. Henry ne vit pas sa réaction, il n'entendit rien. Tout ce qu'il pouvait faire, c'était fixer Archie.

Sa dévotion. À Henry.

Pas à la famille Walker.

À Henry.

Son père avait-il su ? La pensée le frappa spontanément. Puis, son cerveau s'égara, triant chaque souvenir qu'il pouvait se rappeler.

— Monsieur Walker… Henry… ?

La voix de Harvey interrompit le flot frénétique de ses pensées.

— Est-ce que tout va bien ?

— Oui, répondit-il automatiquement. Juste un peu confus.

La pièce entière parut tressaillir.

— Gerald ? Servez un verre d'eau à M. Walker, je vous prie.

— Vous pouvez poursuivre, murmura-t-il comme le jeune homme en costume sombre se précipitait vers le fond de la salle.

— Bien sûr.

Harvey se racla la gorge.

— À Liberty Frank Walker. Il y a une lettre séparée pour vous, dit-il gentiment. Votre héritage s'élève à un million de dollars, en plus de vos bijoux, de vos vêtements, de votre véhicule et de la maison de Maui.

Libby secoua la tête, hébétée. Henry ne savait pas si elle était déçue ou bouleversée. Il réalisa une seconde trop tard que le testament n'évoquait ni le domaine ni le fait d'y vivre.

David et Rebecca étaient les suivants.

— David, tu as été mon ami le plus cher et un confident sincère durant trente ans. Je n'aurais jamais pu atteindre le succès de WalkCom sans toi. C'est pourquoi je te transmets un siège permanent au sein de la direction, jusqu'à ce que tu sois prêt à prendre ta retraite. En plus de ta pension, je vous offre en cadeau, à toi et à Rebecca, la somme d'un million de dollars et l'appartement de Rome.

Rebecca renifla bruyamment et David baissa la tête. Ses épaules étaient raides, son cou écarlate.

Henry se pencha pour tapoter l'épaule de son parrain. Comme il devait souffrir de sa propre fragilité à entendre ainsi les dernières volontés et le testament de son plus proche ami.

L'homme tourna la tête vers lui, et Henry y vit de la colère.

Puis, de la peine.

Ils partagèrent cet instant, puis Henry se pencha en arrière. À travers la pièce, il intercepta le regard d'Archie.

— Et enfin, il nous reste le legs final pour Monsieur Norman Henry Walker III.

Gerald se fit finalement remarquer, toussant pour attirer l'attention de Henry. Il lui tendit un énorme verre d'eau.

— Merci.

Henry se concentra sur l'eau et laissa la voix de Harvey passer au-dessus de lui.

— À mon unique fils, Henry, je laisse les biens suivants : le domaine Walker, toutes ses terres et ses possessions. Les véhicules, l'avion…

Harvey s'interrompit.

— Il y a une liste exhaustive de chaque bien, Henry, laissée à votre connaissance.

Henry hocha la tête, se sentant de plus en plus anesthésié.

— En tant qu'élément de WalkCom, Henry assumera les devoirs de directeur et PDG…

On y était. Le futur pour lequel il avait été préparé.

— … si la majorité des votes du conseil d'administration est obtenue.

Henry secoua la tête. L'eau déborda des bords du verre, éclaboussant ses genoux.

— Comment ?

Personne ne bougea dans la pièce.

Harvey lança un coup d'œil à son partenaire pour obtenir son soutien, puis se tourna vers Henry.

— D'après le testament, l'ensemble de la direction doit voter sur la question de votre éventuelle position en tant que PDG.

IX

ARCHIE NE parvenait pas à reprendre sa respiration après la lecture du testament. La fièvre qui s'était répandue l'avait laissé la tête vide, mais après les révélations dans le bureau de Norman… il était chanceux de pouvoir encore se tenir debout.

Ou assis, plutôt, car ils se trouvaient dans la cuisine, perchés sur des tabourets autour de l'îlot. Magnus, Evelyn, Kit et Maria – tous avachis au-dessus de leur tasse de thé pendant que Hilary s'activait autour d'eux, rassemblant de quoi déjeuner.

Les invités mangeaient les plats des traiteurs dans la salle à manger.

— Hilary, puis-je vous aider ? lui demanda Evelyn en brisant le silence.

Archie put voir qu'elle était sur le point de décliner, mais elle lui sourit à travers la pièce, de l'endroit où elle était occupée à découper des tranches dans une miche de pain faite maison.

— Oh, Evelyn, ce serait adorable. Pouvez-vous couper le pain pendant que je mets la viande dans un plat ?

Magnus marmonna quelque chose à propos du fait d'être cantonné dans l'office – Archie savait qu'il voulait, qu'il avait besoin d'être là-bas et de travailler. Mais Libby avait insisté pour qu'ils prennent quelques heures et laissent les employés du traiteur s'occuper de tout.

Ça le rendait dingue.

Maria s'assit poliment sur une chaise, les mains croisées sur ses genoux. Personne ne la connaissait très bien, et personne ne se sentait suffisamment à l'aise pour parler de la manière bouleversante dont la lecture du testament s'était terminée. Kit et Archie avaient échangé des coups d'œil depuis qu'ils avaient été chassés de la pièce, écoutant Henry et David s'adresser aux avocats d'une voix forte.

Le testament n'avait aucun sens. Alors que les choses auraient dû être totalement simples – Henry possédait tout – ils subissaient une surprise après l'autre. Et ça incluait le legs d'Archie.

Sa tête continuait à tourner et ça n'avait rien à voir avec la fièvre.

Kit sirota bruyamment son café, attirant son attention.

— J'ai besoin de prendre l'air, dit-elle soudainement. Archie ? As-tu envie de te joindre à moi ?

Elle n'aurait pu se montrer plus claire, et Archie n'aurait pu se sentir plus reconnaissant.

— Excellente idée. Nous pouvons sortir par la porte de derrière.

Il ne s'embêta pas à vérifier la réaction de Maria ou de Magnus. Tête basse, il contourna sa mère et Hilary, son boitillement l'empêchant de se déplacer trop rapidement. Il se contenta de suivre la petite silhouette de Kit ainsi que sa chevelure flamboyante à travers la cuisine, jusqu'à la porte de derrière.

Au loin, il repéra le bungalow.

Tant de choses avaient changé en soixante-douze heures.

— Oh, mon Dieu, souffla Kit en se jetant dans un fauteuil d'extérieur placé près des pots de plantes aromatiques.

Hilary s'était arrangé un petit nid très confortable.

— Sérieusement ! Oh mon Dieu !

— Ça résume assez bien les choses.

Archie s'appuya contre l'une des pergolas.

— Je n'arrive pas à croire que Monsieur Walker soit mort. Ni que ce testament soit… !

Au-dessus de sa tête, elle fit un geste un peu fou avec ses deux mains.

— C'est dingue !

Kit les avait attendu quand ils avaient quitté la pièce. Elle avait perçu le brouhaha et l'avait alors coincé dans un coin avec la hargne et l'agressivité d'un caniche de poche en colère.

— Pourquoi ferait-il ça ?

— Aucune idée.

Il soupira.

— Comment pouvons-nous l'aider ?

Elle l'observa avec impuissance.

— Il doit être… Je ne peux même pas imaginer.

109

— Nous devons le soutenir. Si le conseil va voter – eh bien, tous ne vont pas se plier devant le fait que Henry devrait avoir le poste. Il y a des gens dans cette assemblée qui veulent devenir PDG.

Archie secoua la tête.

— Je retournerai au bureau demain. Et je resterai à l'affût des commérages.

Elle secoua la tête à son tour.

— Et il va y en avoir un sacré paquet.

— Peux-tu m'appeler si tu entends quoi que ce soit ? Mais garde-le pour toi.

Archie saisit son expression. Ce qu'elle savait, c'était que Henry et lui étaient des amis proches depuis l'enfance, et qu'il était à présent un employé dévoué.

— Je ne pense que nous devrions le bouleverser.

— OK. Il est déjà pas mal submergé.

Ils restèrent assis en silence jusqu'à ce qu'un grincement les surprenne. Hilary entrebâilla la porte et jeta un œil à l'extérieur.

— Désolée. Le déjeuner est prêt.

— Merci, Hilary.

Archie se redressa, tentant d'ignorer l'élancement, la migraine et la faiblesse qui lui brûlèrent les joues. Il devait se focaliser sur certaines choses et son état de santé n'était pas sur la liste.

MARIA ET KIT furent reconduites en ville dans la limousine de location.

Chacun était rentré chez soi. Les traiteurs avaient nettoyé, puis quitté les lieux tandis que Hilary supervisait quelques employés temporaires pour le rangement.

Archie s'attarda dans le vestibule à l'extérieur de la cuisine, et s'assit sur une chaise dérobée pour reposer sa jambe. Sa mère était retournée dans sa chambre pour faire une sieste et Magnus patrouillait dans la maison, cherchant des choses à remettre en place.

Henry n'était pas là. Archie ne pouvait même pas prétendre qu'il ne l'attendait pas – il resta juste assis, sourit et observa.

Deux heures plus tard, le maître du château finit par apparaître.

Il avait l'air d'avoir dix ans de plus – son costume était froissé et sa cravate de travers. Quand il émergea du hall, il surprit Archie et s'arrêta brutalement.

Il était dur de lire son expression, mais Archie y réussit : il était épuisé.

— Je ne vais même pas te mentir, dit-il doucement. Je t'attendais.

Henry ouvrit la bouche pour parler, mais la referma une seconde plus tard. Il fit un geste vers les escaliers.

Archie secoua la tête, inclinant son visage vers la suite des invités à l'arrière.

Un minuscule sourire traversa le visage de Henry.

Ils se déplacèrent tous deux lentement, gardant une distance respectueuse alors qu'ils se dirigeaient vers le petit couloir près des chambres temporaires. Pas un mot ne fut prononcé, juste un coup d'œil rapide et furtif pour s'assurer que personne n'était dans le coin pour voir où ils se rendaient. Ensemble.

— Assieds-toi avant de t'effondrer, furent les premiers mots qu'Archie prononça dès qu'ils furent en sécurité dans le séjour, porte fermée et verrouillée derrière eux.

Il s'adressa à Henry de dos, patientant jusqu'à ce qu'il pivote vers lui.

— J'ai l'impression que si j'arrête de bouger, je serai incapable de me déplacer de nouveau, dit Henry, la voix désespérée.

Archie boita jusqu'à lui. Il hésita, puis posa sa main sur son épaule. Il tremblait.

— Allons, chuchota-t-il.

Il le manœuvra avec des gestes doux jusqu'à ce que Henry se tourne et s'effondre sur le petit sofa en rebondissant.

Quand il leva ses grands yeux bleus vers lui, Archie sentit sa tête tourner.

— Tu te joins à moi ?

Il n'hésita pas une seconde et s'installa avec un gémissement infime, le tiraillement du bandage sur sa cuisse le mettant mal à l'aise.

— Tu ne devrais pas t'appuyer autant sur ta jambe, le réprimanda-t-il doucement, glissant un peu contre son corps en disant cela.

— C'est la seule manière de marcher.

Archie étendit son bras sur le dossier du canapé, trop timide pour une étreinte.

Il l'observa avec une expression sérieuse.

— Est-ce que tu vas bien ?

— Non.

— Que puis-je faire ?

Henry pencha la tête sur le côté, le fixant d'un air interrogatif.

— Que peux-tu faire ?

— Il doit bien y avoir quelque chose à faire. C'est un foutu bordel. Quel est ton plan pour le conseil ?

Henry se raidit en réponse. Son regard s'égara vers les peintures de lys accrochées sur le mur opposé.

— Que puis-je faire ? Je vais les laisser décider ce que mon père n'a pas pu se résoudre à faire.

Archie frotta ses doigts contre son cou, sur la fine bande de peau entre ses cheveux et le col de sa chemise. Il ne possédait pas de réponse immédiate aux paroles de son ami, en tout cas aucune qui ne passerait pas pour une critique vis-à-vis de son père décédé.

— Tu dois t'imposer – si c'est ce que tu souhaites.

Henry tourna la tête pour l'observer, le front plissé.

— Que veux-tu dire ?

— Je veux dire que si tu veux vraiment te tenir à la tête de WalkCom, tu dois convaincre le conseil que tu es l'homme de la situation. Ça te permettra de gagner leur respect.

Ou tu pourrais partir, pensa-t-il.

— Je pourrais faire ça, répondit Henry d'une voix neutre alors qu'il observait les tableaux.

Il s'enfonça dans le canapé, se collant un peu plus contre lui.

— Pense à ça demain, conseilla Archie en l'attirant contre lui.

À un moment donné, les limites seraient en jeu et il devrait cesser de toucher son amant – mais ce jour n'était pas encore arrivé.

— Tu veux t'allonger ?

— Ça va.

— Le lit serait plus confortable.

Henry releva la tête et fixa son regard bleu sombre sur le visage d'Archie.

— Oui.

Archie boita et Henry traîna les pieds. Ils parvinrent en silence dans la petite chambre en évitant de se regarder.

— Enlève ton costume.

Archie prit les choses en main parce qu'il ignorait quoi faire d'autre. Et son ami avait l'air perdu.

— Quelqu'un pourrait…

Archie ne répondit pas ; il défit sa cravate, puis retira chaque vêtement, les jetant au sol. Le pantalon fut le plus difficile étant donné que sa cuisse palpitait. Il y avait une légère tache rose au centre du bandage, indiquant qu'il s'était tenu trop longtemps sur ses pieds.

— Oh mon Dieu, murmura Henry.

Archie se retourna pour découvrir qu'il l'observait d'un air horrifié.

— Que…

Henry se contenta de marcher jusqu'à lui, ses yeux ne quittant jamais la blessure à sa jambe.

— Ça va.

Mais Henry baissa la main pour effleurer les bords du bandage avec respect.

— Henry.

Quand ce dernier tomba à genoux, la bouche d'Archie s'assécha.

Quand Henry pressa ses lèvres sur lui pour toucher l'endroit où ses doigts l'avaient effleuré, Archie enserra sa tête entre ses mains.

Il avala sa salive, tentant de garder ses émotions sous contrôle, mais, depuis le kidnapping, elles étaient incontrôlables. Il était incapable de ne pas toucher Henry.

Et ce dernier semblait éprouver la même chose. Il frotta ses joues contre la cuisse d'Archie, froissant le tissu de son boxer en bougeant. Quand ses lèvres effleurèrent la dure ligne de son érection à travers le sous-vêtement, Archie gémit faiblement.

— Tu n'es pas obligé de…

— Chuuut, chuchota Henry pendant que son souffle caressait sa longueur qui palpitait sous la promesse d'un baiser ou d'une caresse.

Archie baissa les mains vers la ceinture de son boxer ; prudemment, Henry le lui retira en le faisant passer sur son érection, puis sur ses cuisses – attentif au bandage. Archie frissonna face à la délicatesse dont bénéficiait son corps.

D'habitude, Henry offrait et Archie prenait.

Pendant des années, c'était la manière dont ils avaient fait l'amour.

Cependant, les choses étaient différentes aujourd'hui.

— Tu es si beau, Archie, souffla-t-il comme s'il était hypnotisé par la grandeur de ses membres.

Il posa ses mains sur ses hanches, se penchant en avant pour lécher sa peau jusqu'à son sexe.

Archie trembla.

— Si courageux.

Un autre coup de langue qui se termina cette fois en s'enroulant autour de l'extrémité.

— Si patient.

Henry referma sa main autour de la base de son sexe, chaud et raide alors qu'il serrait les doigts.

— Si gentil avec moi.

Quand il le prit dans sa bouche, ce fut presque trop. Archie se sentit chanceler sous le plaisir qu'il en tira.

Il parvint à rester immobile en employant la force brute. Il était parfaitement conscient de la blessure et du traumatisme de Henry, conscient que tout lâcher maintenant les laisserait tous les deux sur le sol.

Mais, mon Dieu, c'était si bon. L'humidité glissante de la bouche de Henry, ses doigts arrondis à la base, sa paume chaude se promenant sur ses hanches et ses fesses avec un curieux abandon.

— Henry, Henry, s'étrangla Archie en tentant en vain de se retenir.

Quand il recula, Henry le ramena brutalement contre lui, l'avalant de nouveau.

C'était un duel de volontés, mais Archie était déjà en train de perdre. Henry réclamait silencieusement son orgasme, et il n'avait jamais pu lui dire non.

Il hoqueta au moment où il jouit dans un mouvement incertain des hanches pendant que Henry le buvait, pompant chaque goutte jusqu'à ce que les genoux d'Archie s'entrechoquent.

Archie tomba à genoux, ignorant la douleur. Il ne put s'empêcher de l'embrasser, de tester le parfum de son propre orgasme sur la langue de son amant.

— Si merveilleux, murmura-t-il en enroulant ses bras autour de son torse.

Le baiser fut mouillé et rude, dents et langues bataillant pour dominer. Il avait envie de lui arracher ses vêtements ; de l'allonger sur le lit et de lui faire l'amour…

— S'il te plaît, chuchota Henry comme ils brisaient le baiser.

Ses hanches se frottèrent contre la cuisse d'Archie – il était impossible d'en rater la signification.

— Viens là.

Archie se redressa avec difficulté, entraînant Henry avec lui. Il se mit à lui retirer ses vêtements à l'aide des mains tremblantes de Henry. Tout disparut en quelques secondes jusqu'à ce que le corps nu de son amant soit révélé.

Les hématomes ne s'étaient pas encore estompés.

Toute la tendresse qu'Archie abritait explosa ; il aida Henry à se mettre au lit en prenant soin d'éviter les bleus. Il n'y avait qu'une chose à laquelle il parvenait à penser, c'était s'assurer que Henry sache à quel point il l'adorait.

Archie s'allongea sur lui, s'étirant de toute sa taille jusqu'à ce qu'ils soient alignés – lèvres contre lèvres, sexe contre sexe. Le hoquet sous lui lui donna un coup de fouet ; ses hanches commencèrent à bouger, frottant leurs corps ensemble.

Henry gémit, yeux clos et tête rejetée en arrière. Archie se nourrit de la magnifique ligne de son cou, mordant sa pomme d'Adam tout en augmentant ses allées et venues.

— Allons bébé, allons, murmura-t-il en lui léchant l'oreille. Laisse-toi aller.

Il y eut quelques frottements de plus – le sexe de Henry rude et brûlant contre le sien – avant qu'il ne s'abandonne réellement. Il se courba, un jet humide entre leurs deux corps indiquant qu'il s'était lâché.

— Archie, hoqueta Henry dans un souffle humide contre l'épaule de son amant.

— Je suis là. Je suis juste là, chuchota Archie en retour, protégeant Henry du reste du monde, corps et âme.

X

— C'est bon de vous revoir, dit Kit alors que Henry sortait de la voiture.

Quatre jours s'étaient écoulés depuis la lecture du testament, presque une semaine depuis le kidnapping, et il avait finalement réussi à convaincre Libby et Evelyn de le laisser s'aventurer hors de la maison.

Il sourit et abandonna son attaché-case entre ses mains agitées. Paul avait la même expression sur le visage – de l'inquiétude – tandis qu'il lui ouvrait la portière.

Chacun s'attendait à ce qu'il s'effondre sur le sol.

Ce fut la raison pour laquelle il redressa les épaules en marchant vers le bâtiment, Kit trottinant à ses côtés.

— Avez-vous programmé tout ce que je vous ai demandé ?

— Oui.

La légère hésitation dans sa voix le fit ralentir alors qu'ils passaient les portes.

— Qu'y a-t-il ?

Son regard tomba sur ses chaussures.

— Pouvons-nous… en parler à l'étage ? murmura-t-elle.

Il hocha la tête, posant une main sur son coude pour la guider rapidement vers l'ascenseur. Il échangea des sourires polis et des saluts silencieux avec les agents de sécurité et le personnel de l'accueil, tout en étant conscient de Paul qui le suivait de près et de Kit qui gigotait à ses côtés.

Il était impossible de prétendre ne serait-ce qu'une seule seconde que c'était un jour ordinaire au bureau.

Le trajet dans l'ascenseur fut silencieux ; Neil ne se tourna même pas vers lui. Ils émergèrent à l'étage des cadres où toute l'activité parut cesser – et les sons disparaître – au moment où Henry marcha vers la réception.

116

Une petite foule s'était rassemblée, presque par accident semblait-il. Les gens qui déambulaient s'arrêtaient et observaient.

Henry sentit l'attente grandir.

— Bonjour, dit-il en les saluant de la tête pour répondre à leurs regards. Nous avons tous souffert de la perte d'un homme irremplaçable. Mais il nous a enseigné beaucoup de choses, n'est-ce pas ? Voyons si nous pouvons continuer à faire tourner cet endroit au meilleur de sa forme.

Il sourit, ou du moins essaya. Quelques-uns l'imitèrent alors que d'autres se mettaient à regarder le sol et poursuivaient leur chemin à la hâte.

Il soupira intérieurement.

— Allons-y, ordonna-t-il à Kit en se dirigeant vers le couloir de gauche, avant de réaliser qu'elle ne le suivait pas.

— Hum… Je pensais que vous seriez allé dans l'autre bureau, dit-elle lentement, les joues écarlates. Votre…

— Je vois ce que vous voulez dire.

Les paroles sortirent plus durement qu'il ne l'avait souhaité, et il le nota aussitôt sur son expression.

— Désolé. Contentons-nous de… Disons que je me sentirai mieux dans mon propre bureau pour l'instant.

Kit hocha la tête. Henry pivota sur ses talons et traversa le couloir à grands pas en direction de la suite de petits bureaux qu'il partageait avec Kit.

Ils ne parlèrent pas avant d'être dans le sien. Il ignora la multitude d'arrangements floraux qui débordaient du bureau de Kit et se laissa tomber dans son fauteuil avec un soupir.

— Qu'y a-t-il ?

— J'ai appelé le conseil d'administration. Des douze membres, seulement quatre étaient d'accord pour la réunion. Ils sont notés sur votre agenda. Trois ont totalement refusé. Les autres ont prétendu revenir vers moi plus tard.

Les mots franchirent ses lèvres avec précipitation.

— Ils sont au courant pour le testament.

Henry se pencha en arrière, déjà épuisé. Sa tête palpitait tandis que des étincelles de colère commençaient à l'aveugler.

117

— Ils sont au courant pour ce putain de testament, et tant que je serai ce canard boiteux de président, il n'y aura aucune urgence pour qu'ils me répondent.

Kit s'appuya elle aussi en arrière pour prendre de la distance par rapport aux mots rudes de son patron.

— Je vais convoquer un conseil d'urgence. Demain. À neuf heures. Pas de procuration. Tout le monde devra être présent.

— Oui, Monsieur.

Kit se redressa.

— Où est David ?

— Monsieur Silver travaille depuis chez lui, aujourd'hui.

Henry fronça les sourcils.

— Faites venir les relations publiques et les juristes. Je veux savoir ce qui se passe.

— Oui, Monsieur.

Il lui fit signe de quitter la pièce, regrettant instantanément le ton de sa voix lorsque la porte se referma derrière elle. Kit et lui avaient toujours maintenu une bonne entente – amicale et facile, avec un humour bienvenu. À présent, il agissait... eh bien, comme Norman, une pensée qui le laissa partagé, entre honte et tristesse.

Archie était toujours au lit pour se reposer, sa fièvre persistante étant revenue avec force. Le médecin refusait qu'il reprenne le travail, et avec le binôme Evelyn et Hilary, il avait peu de chances de pouvoir s'enfuir de la maison de sitôt.

Dans son égoïsme, Henry le voulait désespérément auprès de lui.

Il sortit son iPhone de sa poche, faisant défiler l'écran pour trouver le numéro d'Archie. Mais, avant d'avoir pu l'appeler, le téléphone de son bureau se mit à sonner.

— Oui ?

Henry tenta de modeler sa voix avec politesse en dépit de la vague de colère qu'il ressentit à l'idée d'être dérangé.

— L'agent Feller du FBI est ici pour vous, lui apprit nerveusement Kit à travers le haut-parleur.

— Très bien, faites-le entrer.

Henry lâcha le téléphone sur son bureau.

La porte s'ouvrit et l'agent du FBI entra. Avec la même cravate et le même sourire irritant que la dernière fois.

— Monsieur Walker. Désolé de vous déranger.

— Un rendez-vous n'aurait pas été de trop.

Henry ne lui offrit pas de lui serrer la main. Il fit un geste vers le fauteuil visiteur.

— Que puis-je faire pour vous ?

— Nous avons achevé notre enquête préliminaire et nous pensons que quelqu'un a travaillé de l'intérieur, fournissant des informations aux kidnappeurs.

Le sang de Henry se figea dans ses veines.

— Avez-vous un nom à me communiquer ?

— Non. Pas encore.

L'agent Feller croisa les jambes.

— Mais j'ai quelques idées.

— Allez-vous les partager ?

— À quel point diriez-vous que vous connaissez Archie Banks ?

Henry se mit à rire durement. Et fort.

— Essayez quelqu'un d'autre. Archie n'a rien à voir avec ça.

— Vous en êtes sûr ?

— Absolument.

— Il remplit le profil de celui que nous pensons chercher.

Il avait l'air convaincu.

Positivement convaincu.

— Eh bien, vous cherchez le mauvais profil. Archie aurait pu être tué par ces hommes. La balle aurait pu toucher une artère. Il aurait pu saigner à mort sur le bitume. Sans parler du fait que c'est lui qui vous a fourni les informations qui vous ont mené jusqu'à l'hôtel.

La colère de Henry était en train de grimper.

— À moins que vous n'ayez d'autres noms ou une preuve évidente, je ne veux plus entendre parler de cette théorie.

L'agent ne cilla même pas.

— J'ai besoin de vous demander d'ouvrir votre propriété à mes agents. Nous voudrions jeter un œil aux comptes bancaires ainsi qu'aux historiques d'appels téléphoniques.

Le changement de conversation s'était fait tout en douceur.

Henry haussa les épaules.

— Tout ce que vous voudrez. Je n'ai rien à cacher.

Excepté que c'était faux.

Une pointe de peur le traversa.

Ne pouvait-il pas avouer qu'Archie et lui étaient amants ? Qu'il était convaincu qu'il n'avait rien à voir avec ça parce qu'il lui vouait une confiance absolue ?

Le besoin de le crier était presque irrésistible, mais ce besoin se transforma bientôt en frayeur.

Le conseil était en train de lui tourner le dos, et une faille dans son armure serait du suicide.

— Appelez la maison et parlez à Hilary ; c'est la gouvernante. Elle préparera tout ce dont vous aurez besoin.

— Merci beaucoup.

L'agent Feller se releva, son sourire hautain bien en place.

— Puis-je aussi parler à votre assistante au sujet des dossiers du bureau ?

— Bien sûr.

Henry fit pivoter son siège, tendant la main vers le téléphone en adressant à l'homme un coup d'œil dédaigneux.

— Merci.

— Je reste en contact.

Quand il fut sorti, d'un rapide mouvement, Henry balaya de la main un globe décoratif qui alla s'échouer au sol.

ARCHIE DORMIT toute la journée, ne se réveillant que pour recevoir du thé ou de l'eau des mains de sa mère toujours présente. À seize heures, le médecin revint pour examiner sa blessure et prendre sa température.

— Une légère infection, l'informa-t-il. Encore quelques jours et vous devriez vous sentir mieux. Je vais vous prescrire des antibiotiques.

Il n'y eut aucun esclandre – pas avec sa mère juste à côté – et Archie se résigna à rester au lit. C'était frustrant parce que voir Henry sous-entendait qu'il aille à lui, et ça ne risquait pas d'arriver tout de suite.

Il savait que les choses étaient difficiles au bureau, qu'il devait encore travailler sur la guérison et le chagrin. Il en avait juste assez de se sentir si inutile.

La fièvre l'avait même empêché de faire ses devoirs, et voilà que, soudainement, son diplôme était en jeu. S'il ne réussissait pas à achever ses trois cours, il devrait les repasser. Un autre semestre lui semblait bien trop long à subir à cet instant.

Edgar Ferelli lui avait envoyé un mail, lui exprimant ses condoléances et ses vœux de bon rétablissement. Rien ne fut précisé sur la replanification d'un nouvel entretien, ni même si Archie obtiendrait une nouvelle chance.

Il avait supprimé le message après l'avoir lu.

— As-tu écrit à tes professeurs ? lui demanda Evelyn en versant son thé dans une tasse décorée de boutons de roses.

Le plateau était couvert des gourmandises traditionnelles accompagnées des plus belles serviettes de table et du meilleur service à thé.

— Oui, maman.

Archie parvint à s'asseoir.

— Se sont-ils montrés compréhensifs ?

Il sourit. Il imaginait sa mère au téléphone avec ses professeurs, leur demandant un laps de temps supplémentaire après ce qu'il avait traversé.

— Oui, j'ai obtenu deux semaines.

— C'est à peine suffisant !

— Ça ira, maman.

Il prit sa tasse, l'arôme parfumé lui calma instantanément les nerfs.

— Humm.

Evelyn prit un siège près du lit, sa propre tasse entre les mains.

— Au moins, tu te reposes, maintenant. C'est déjà ça.

— J'espère être capable de retourner travailler d'ici quelques jours, lui rappela-t-il.

Evelyn réussit difficilement à retenir une expression exaspérée.

— Oui, oui. Henry et toi, vous êtes toujours si pressés de retourner dans la mêlée, sans prendre garde à vos blessures.

— Si le médecin dit…

— Ce médecin n'est pas ta mère.

Bon. Archie ne pouvait guère discuter sur ce point.

Un coup léger à la porte attira leur attention et, comme s'il avait entendu son nom, Henry apparut, pâle et souriant tristement.

— Je ne peux pas supporter de te voir comme ça.

Evelyn se releva de sa chaise.

— Assieds-toi, maintenant.

— Je peux prendre une autre…

— Henry Walker, je ne supporterai pas plus d'effronterie aujourd'hui.

Elle adressa un regard meurtrier à Archie.

— Assieds-toi.

— Oui, madame.

Archie essaya de ne pas rire – seulement pour que sa mère ne s'emporte pas davantage – pendant que Henry déboutonnait sa veste de costume et s'installait sur le siège.

— Du thé.

Ce n'était pas une question.

— Oui, madame.

Henry et Archie partagèrent un regard – ce dernier ne put ignorer le sourire doux de sa mère caché derrière sa main et sa toux discrète.

Evelyn s'occupa du chariot, leur préparant chacun une assiette.

Aucun d'eux n'osa s'en plaindre.

— Je vais faire chauffer un peu plus d'eau, déclara-t-elle alors qu'Archie doutait qu'ils aient déjà tout consommé.

Mais il n'allait pas s'opposer à ce qu'elle leur laisse un peu de temps seul à seul.

Quand elle eut disparu par la porte, Archie se tourna entièrement vers lui. Il était impossible de ne pas voir les cernes sombres sous ses yeux et le léger tremblement de ses mains.

— Comment ça s'est passé aujourd'hui ?

— C'était pire qu'hier, si c'est possible.

Il s'interrompit pour prendre une gorgée de thé, inclinant prudemment sa serviette et son assiette sur sa cuisse.

— La réunion du conseil a été un désastre. Seules cinq personnes se sont montrées en dépit de mes directives.

— Ils essaient de te manipuler.

— Eh bien, ils font un travail remarquable.

Ils restèrent assis en silence, le regard de Henry perdu devant lui, et Archie continua à le fixer.

— L'agent du FBI est revenu, dit son ami d'une voix plate.

— A-t-il plus d'informations ? demanda Archie, curieux et prudent.

— Il pense…

Henry inspira vivement, se tournant vers lui pour lui faire face.

— Il pense que c'est quelqu'un de chez nous.

Archie hocha la tête.

— Il pense…

— Que c'est moi, lui dit Archie. Je l'ai soupçonné lorsqu'ils m'ont parlé à l'hôpital.

— Tu sembles plutôt calme.

La tasse trembla quand Henry la reposa sur la table de nuit. Sa voix était haute et tendue.

— Que pouvais-je dire ? Je n'ai rien fait. Je n'ai rien à cacher…

Sa voix mourut.

— Enfin, je n'ai rien à cacher concernant le kidnapping.

Les yeux de Henry se plissèrent ; Archie observa son visage blêmir de plus en plus.

— Ce n'est pas souhaitable qu'ils découvrent quoi que ce soit à propos de nous.

— Le FBI n'a rien à voir avec les médias, Henry. Ils ne vont pas coller ça en page six des magazines.

— Non, mais ils peuvent aller voir d'autres personnes, leur demander s'ils sont au courant pour nous. Ça… Ça te fera passer pour quelqu'un de mauvais.

La main d'Archie se leva et son thé éclaboussa le couvre-lit. Il remarqua à peine le liquide chaud qui coulait sur ses genoux.

— En quoi cela me ferait-il passer pour quelqu'un de mauvais ? C'est toi qui couches avec ton employé, répliqua-t-il.

Henry se redressa si vite que l'assiette tomba au sol.

— J'ai d'autres problèmes dont je dois m'inquiéter.

Il fonça hors de la pièce, abandonnant la pagaille derrière lui.

— Mais bordel de… ?

Archie se débarrassa des couvertures, puis se remit sur ses pieds. La fièvre le déséquilibrait toujours, mais il s'arrangea pour traverser la pièce, marchant sur la nourriture éparpillée jusque dans le séjour.

Henry n'était nulle part en vue.

Utilisant les murs pour se guider, Archie sortit lentement de la suite, transpirant sous l'effort. Il rencontra sa mère dans le couloir et nota sa surprise.

— Pourquoi Henry m'a-t-il foncé dessus comme s'il avait le feu au train ?

— Je ne sais pas. Il est de mauvaise humeur, répondit sombrement Archie, s'appuyant contre l'encadrement de la porte. Où est-il allé ?

— Vers le bureau. Toi, cependant, tu retournes au lit.

— Non. Je dois… Cinq minutes. Dix. Et je retournerai au lit après ça, je te le promets, négocia-t-il.

— Bien. Dix minutes. Si tu ne reviens pas, je viendrai te chercher.

Il hocha la tête, puis partit retrouver Henry.

HENRY ÉTAIT assis sur le canapé, un verre de scotch à la main.

Exploser devant Archie était la dernière chose qu'il souhaitait – sans parler de sa rudesse à l'encontre de Kit aujourd'hui ; de sa sécheresse vis-à-vis de Paul qui avait repris le rôle de chauffeur ; de son venin contre l'agent du FBI et les différents membres du conseil qui semblaient chercher à tout prix à l'ignorer.

Il n'était pas certain de ce qui n'allait pas.

Peut-être était-ce le chagrin.

Peut-être était-ce la colère longtemps étouffée qui remontait à la surface.

Henry voulait juste cinq minutes durant lesquelles sa tête ne le ferait pas souffrir.

— Henry ?

Archie l'appelait et Henry vida son verre avant de pivoter. Il put voir son amant se retenir à l'encadrement de la porte, les articulations blanchies, payant clairement le prix pour s'être levé.

124

Se sentant coupable, Henry se redressa et se précipita à ses côtés.

— Tu ne devrais pas être ici.

— Et tu ne devrais pas paniquer de la sorte, rétorqua Archie.

Mais il ne résista pas au besoin de le prendre par le bras.

— Je sais. C'est juste une putain de journée de merde.

Ils marchèrent lentement vers le canapé, Archie serrant fermement le bras de Henry.

Une fois qu'ils furent installés, Henry lui prit les mains.

— Je suis désolé.

— Pourquoi es-tu en colère contre moi ? Je suis celui que le FBI soupçonne d'être un putain de criminel.

La colère était là, mais Henry perçut également un soupçon de peur.

— Je sais. Je lui ai dit qu'il était fou. Que ça pouvait être n'importe qui sauf toi.

Les yeux bleus d'Archie s'adoucirent ; il serra les doigts de Henry entre les siens.

— C'est vrai ?

— Bien sûr. Tu es un menteur épouvantable – je le saurais si tu voulais me tuer, ajouta-t-il d'un ton sec.

Une ombre passa sur le visage de son amant.

— Quoi ?

— Je ne pense pas que ce soit le problème.

— Le kidnapping ?

— Non. Je ne peux pas l'expliquer, mais… rien de tout ça n'a de sens.

Archie le regarda, plus sérieux qu'il ne l'avait jamais été.

— Je pense qu'ils tentaient de faire autre chose.

— Comme effrayer mon père si fort que son cœur cesserait de battre ? murmura Henry.

Archie hocha la tête.

— Peut-être. Ou créer la peur et le chaos ? Je ne sais pas…

— Je vais envoyer le service de sécurité à WalkCom. Juste pour garder un œil sur certaines personnes.

— Bonne idée.

— Et peut-être aussi engager un goûteur, plaisanta-t-il.

— Ma mère et Hilary s'en occuperont personnellement.

— C'est vrai, alors pas de goûteur pour le roi. Ou plutôt le canard boiteux de roi.

Ce fut dur de se débarrasser de l'amertume dans sa voix.

— Tu vas les convaincre, Henry. Je sais que tu y arriveras.

Henry s'inclina avant même de s'en rendre compte, et pressa ses lèvres sur celles d'Archie avec un léger bruit satisfait. C'était ce qu'il avait désiré toute la journée – un baiser. Une seconde pour se sentir en sécurité.

Quand ils se séparèrent, Archie posa son front contre le sien. Ils partagèrent le souffle de l'autre durant un instant merveilleux.

— Je dois retourner au lit avant que ma mère vienne me chercher, dit-il doucement. Mais tu peux venir me rejoindre ce soir si tu veux.

La note d'espoir dans sa voix réchauffa Henry pour la première fois de la journée.

— J'essaierai. Tu dois te reposer.

Il lui vola un autre baiser avant de se redresser.

Archie hocha la tête.

— Tu sais où me trouver.

Pour l'instant, lui souffla une petite voix, mais Henry la chassa.

XI

— Merci d'être venus.

Henry se tenait à l'autre bout de la table, fixant le conseil d'administration de WalkCom, incluant Xander Pense, le vieux vantard en personne.

Certains d'entre eux étaient là depuis que Henry était enfant, quand il devait s'asseoir en dehors de la salle de réunion, jouer avec ses petites voitures Matchbox pendant que son père menait ses affaires.

À présent, il se tenait devant eux pour tenter de les convaincre qu'il n'était plus cet enfant.

Ils semblaient loin d'être intéressés, pour la plupart.

— Je suis désolé d'abuser ainsi de votre temps, mais c'est une période d'ajustements difficile et je veux que nous puissions résoudre certaines choses afin que le futur de WalkCom soit assuré.

Kit avait imprimé ses notes dans une énorme police à cause des migraines paralysantes qui le rongeaient depuis deux semaines. Il savait qu'il guérissait de sa commotion, mais il y avait des moments où la douleur rendait les coups qu'il avait reçus plutôt pâles en comparaison.

— Vous savez tous que la requête de mon père était que le conseil vote à propos de mon futur rôle dans la société. Afin de faire de moi votre directeur et PDG ou offrir ces postes critiques à quelqu'un d'autre.

Il reprit sa respiration, scannant leurs visages une fois de plus. Indifférence. Intérêt. Haine. Il les repéra tous. La plupart des membres regardèrent Xander au moins une fois, tentant de jauger sa réaction.

Qui était inexistante.

— Comme vous le savez, cette société a été l'objectif de ma vie depuis que je suis en âge de savoir ce qu'est une aciérie. Je peux vous assurer qu'étant le fils de mon père, c'est arrivé lorsque je portais encore des couches.

Quelques rires. Il allait les avoir.

— Mon éducation, à la fois à l'école et entre ces murs, a toujours été menée dans le but de gérer cette société. Pour le jour où je prendrai la place de mon père. C'était un homme exigeant et critique et il a travaillé pour cette entreprise durant les trente dernières années comme s'il avait quelque chose à prouver. Même si ce n'était pas le cas. J'ai moi-même quelque chose à vous prouver. Que je peux diriger comme mon père le faisait. Que je peux améliorer ce qu'il a commencé. Que je peux faire de cette entreprise une force avec laquelle compter sur le marché général. D'ici là, je vous demande un délai de quatre semaines. Durant cette période, je présenterai mes idées pour la société à chacun d'entre vous et je resterai ouvert à vos questions et vos inquiétudes. À la fin du délai, il y aura un vote.

Henry fit une pause.

— Est-ce acceptable ?

David Silver – qui n'avait pas levé les yeux de son portable depuis l'instant où Henry avait débuté son discours – était à présent penché en avant pour observer ses collègues du conseil.

— Je soutiens cette demande.

— Moi aussi, répliqua quelqu'un à l'autre bout de la table.

— Nous y sommes tous favorables.

La motion passa.

Henry rassembla ses affaires, puis pivota pour quitter la pièce.

— Nous allons travailler tout le week-end, annonça Henry en protégeant ses yeux pendant que Kit prenait des notes sur un calepin. Je resterai à mon appartement ; vous pouvez prendre l'un des appartements de l'entreprise si vous voulez.

— Oui, monsieur, dit-elle doucement. J'ai juste besoin de rentrer chez moi pour préparer mon sac.

— Bien.

Les palpitations à ses tempes menaçaient de chasser l'air emmagasiné.

— J'ai besoin d'aspirine et de café.

— Puis-je vous apporter votre déjeuner ?

Son estomac fit des bonds et gargouilla, mais la faim était un problème bien trop insignifiant pour qu'il s'y intéresse.

— Non. Juste quelque chose pour la migraine.

Elle fit une pause, désireuse de faire plus. Mais il ne pouvait l'accepter. Il ne pouvait se laisser aller à se montrer faible pour l'instant.

— Merci, Kit. Pouvez-vous joindre les avocats au téléphone ?

— Oui, monsieur.

Elle ne l'appelait plus Henry depuis des semaines.

Quand elle fut partie, Henry se détendit dans sa chaise. Il s'inclina en arrière, les yeux fermés.

Il voulait dormir.

Le téléphone le tira brutalement de son assoupissement. Avec un soupir, il tendit la main et attrapa le combiné.

ARCHIE S'ARRANGEA pour ne pas renverser les cafés, jonglant avec deux sacs de voyage et un plateau de cafés latte tandis qu'il empruntait le couloir. Kit lui avait envoyé un mail suppliant une heure avant, réclamant son aide pour Henry. Un nouveau jour, un nouveau caprice. Une autre scène insupportable à la Jekyll et Hyde qu'il allait falloir endurer.

C'est la commotion, disait Evelyn.

C'est le chagrin, disait Libby.

C'est la pression, assurait Kit.

Ils comptaient tous sur lui pour le gérer.

— Oh ! Merci, merci, gémit Kit lorsqu'il arriva en vue.

La jeune femme semblait avoir vieilli et prit dix ans durant les sept derniers jours ; même ses flamboyants cheveux roux paraissaient ternes.

— Il y a un paquet de cookies dans ma poche, dit-il en posant le plateau sur son bureau.

Il laissa tomber les sacs sur le siège visiteur pendant qu'elle se penchait pour attraper les boissons.

— Où est Henry ?

— Avec les avocats. Encore. Il vit pratiquement avec eux. Ou avec les publicitaires.

Kit renifla le café avant de prendre une gorgée. Son visage s'illumina de béatitude.

— Je t'aime.

— Toujours gay, désolé.

Archie prit place dans une autre chaise.

— Je suis prête à faire semblant si tu veux, le taquina-t-elle.

— Beurk, répliqua-t-il aussitôt et ils éclatèrent de rire.

Une toux forte attira leur attention.

Henry, sourcils froncés comme s'il venait de les surprendre à faire quelque chose de répréhensible, se tenait derrière eux.

— Est-ce que je vous interromps ?

Le ton obligea Archie à se redresser. Kit faillit lâcher son café sur ses genoux.

— J'ai rapporté de la caféine. Et des cookies.

Il fit un geste vers le sac ainsi que le plateau sur le bureau de Kit.

— Plus deux ou trois choses de la maison.

Il garda une voix normale. Calme. L'expression de Henry ne changea pas.

— Eh bien, la pause est terminée. Kit, j'ai besoin de vous au bureau.

Il passa près d'Archie sans même lui jeter un regard. Kit se hâta derrière lui, stylo et calepin à la main.

Quand la porte se referma sur eux, Archie cligna des yeux, interloqué.

XII

— BONNE NOUVELLE, dit David en pénétrant dans le bureau de Henry sans s'annoncer.

Ce dernier résista à l'envie de lui balancer son téléphone à la figure.

— Quoi ?

— Je viens de parler à quelques-uns des membres du conseil ; ils semblent adhérer à ta campagne.

Il se laissa tomber sur le siège visiteur, visiblement satisfait.

— Merci, Seigneur.

Henry vérifia l'heure. Dix-neuf heures trente. Il était résolu à rentrer à la maison ce soir. Pour manger un vrai repas et dormir une nuit entière.

Et voir Archie.

Les sept derniers jours avaient été tendus. Quand Henry se comportait comme un salaud, Archie s'éloignait. Et lorsqu'Archie jouait son rôle d'employé, Henry devenait encore plus excédé. Chaque heure du jour, ils étaient au bord de l'explosion, semblait-il.

— Oh, et je t'ai fait une faveur.

— Une faveur ?

— Archie Banks. Je lui ai trouvé un job. Un vrai.

David retira une poussière de sa manche.

Henry cligna des paupières en l'observant.

— Quoi ?

— Un travail. Mon ami Charles, de chez Brighton Chemical. Il cherche quelqu'un au département des contrats internationaux. Je lui ai recommandé Archie, et voilà ! Problème résolu.

— En quoi était-ce un problème qu'Archie travaille pour moi ? demanda-t-il lentement et délibérément.

David eut l'air surpris.

— Il ne subit que racontars et commérages autour de lui. Tout le bâtiment est au courant que le FBI le soupçonne d'être impliqué dans le kidnapping.

— Ça fait presque un mois et ils n'ont rien. Pas une preuve. S'ils ne l'ont pas encore arrêté…

Henry secoua la tête. Non, ce n'était pas ce qu'il voulait dire.

— Il n'a rien fait. Il n'a pas besoin de partir.

Sur ces mots, il attrapa son téléphone et se redressa.

— Je rentre, annonça-t-il en s'attendant à ce que David comprenne le sous-entendu.

DANS LA voiture, il resta silencieux, observant le cou d'Archie avec une intensité douloureuse. Ils étaient à mi-chemin de la maison le long de l'autoroute quand les mots sortirent de sa bouche.

— Trouve un endroit discret, ordonna-t-il d'une voix rauque.

Archie ne répondit rien, mais à la première sortie, il actionna son clignotant.

Ils arrivèrent sur un site où le panorama offrait une belle vue. Dans l'obscurité, les lieux étaient déserts, à l'exception d'un 38 tonnes situé à l'autre extrémité. Alors qu'Archie garait le véhicule, Henry défit sa cravate et sa veste suivit le même chemin une seconde plus tard.

— Viens ici, s'il te plaît.

La note de supplication dans sa voix aurait dû lui faire honte, mais pas cette fois.

Archie coucha le siège passager, se glissant sur la banquette arrière avec une agilité surprenante compte tenu de sa jambe blessée. Henry tira sur sa ceinture ; il s'humecta les lèvres tandis qu'Archie retirait sa propre veste.

Henry fut le premier à être nu, haletant et fiévreux tandis qu'Archie – qui portait toujours son pantalon – l'attirait à lui d'un coup sec avant de le pousser sur ses mains et ses genoux avec des mains avides.

— Je t'en prie, fut tout ce que Henry réussit à dire avant qu'il ne sente ces mains immenses et brûlantes pétrir et presser ses fesses.

Il laissa retomber sa tête en gémissant pendant que la langue d'Archie le parcourait rudement.

Henry se pressa contre la portière, paupières serrées. Archie se montrait implacable, utilisant sa langue comme une arme pénétrante. Pas de doux baisers, pas de petits coups de langue. Juste la possession, exigeante et furieuse, comme pour punir Henry par le plaisir jusqu'à ce qu'il s'abandonne.

Son sexe pendait lourdement entre ses jambes, mais il ne se toucha pas. Ses ongles étaient plantés dans le siège en cuir, des frissons dansaient le long de sa colonne vertébrale. Des spasmes de plaisir éclataient au rythme de la langue humide à l'intérieur de lui.

Il y eut un doigt. Puis deux. Pas de lubrifiant. Rien d'autre que la sueur et la salive, mais Archie ne s'arrêta pas. Après trois doigts, le silence fut brisé par les gémissements de Henry qui ne put les contenir plus longtemps.

C'était une douleur délicieuse qui remplaçait la palpitation constante de son cerveau par une lame acérée qui le coupait littéralement en deux.

La langue fiévreuse l'encercla et se pressa entre des doigts invasifs. Henry faillit pleurer alors que l'orgasme restait obstinément hors de portée.

Archie enroula sa main autour de son sexe, le caressa une fois, puis deux et, Seigneur, la fameuse lame l'ouvrit complètement. Il finit par jouir, submergé par la force combinée de la main et de la bouche d'Archie.

Il retomba sur le siège, le corps pulsant au rythme de son cœur.

Archie le nettoya. Il l'aida à s'habiller, puis lui tendit une bouteille d'eau.

Il nettoya son visage quand il commença à pleurer sans raison quelques minutes plus tard.

Henry était en train de s'effondrer en mille morceaux.

— Chuuut, dors bébé, murmura Archie.

Henry ferma les yeux et réalisa que c'était la seule chose que son amant lui avait dite durant le trajet.

XIII

ARCHIE NETTOYAIT la BMW garée dans l'allée en appréciant la chaleur qui accablait son dos. Ce n'était pas quelque chose qu'il faisait souvent, mais il n'avait pu laisser passer l'opportunité de rester dehors et d'avoir un peu de temps pour lui.

Vivre dans cette maison commençait à lui peser.

Alors que c'était la maison dans laquelle il avait passé le plus de temps durant son enfance, c'était différent à présent – plein de fantômes et d'anxiété, de gens qui tentaient de rassembler des morceaux de leur vie. Il y avait tant de choses brisées.

Sa mère prenait soin de Libby maintenant qu'Archie se tenait de nouveau sur pied. Ça lui donnait la sensation d'être utile, et Libby requérait de l'attention. La jeune veuve était passée de stoïque à insomniaque, puis à quelque chose d'encore plus larmoyant au cours des dernières semaines. Evelyn pensait que le thé et le soleil pouvaient améliorer son état ; mais les médecins lui avaient prescrit des antidépresseurs et des somnifères.

Archie se dit que la bonne solution devait se trouver quelque part entre les deux.

Libby n'était pas la seule à être aspirée dans une spirale infernale. Henry ne cessait de se montrer de plus en plus colérique et imprévisible au fil des jours. Avec l'échéance de la réunion du conseil fixée deux semaines plus tard, le stress avait atteint un niveau de « défaillance nucléaire ».

Archie était épuisé, et pas seulement physiquement.

Après l'effondrement sexuel dans la voiture, Henry et lui n'avaient plus été intimes. Ils ne passaient quasiment jamais de temps ensemble ; durant les trajets en ville et les retours, Henry dormait. Pendant la journée, il restait enfermé dans son bureau avec Kit et David.

David Silver.

Archie adressa une grimace à son reflet sur le toit de la BMW.

134

Il était clair que cet homme ne le supportait pas ; ça rendait Archie nostalgique des jours d'indifférence passés. À un moment donné, il lui avait offert un job dans la société de l'un de ses amis, mais quand Archie avait objecté, son comportement était devenu vicieux. Il ne ratait jamais une occasion de lancer un commentaire sur l'enquête, insinuant qu'Archie était le suspect numéro un du FBI.

Ses comptes bancaires avaient été vérifiés, ainsi que son téléphone et l'historique de ses emprunts. Il avait enduré deux interrogatoires supplémentaires avec ce connard d'agent Feller.

Il était totalement innocent – alors pourquoi avait-il la sensation qu'ils risquaient de débarquer à tout moment avec les menottes ?

Transpirant, Archie prit une profonde inspiration. Il s'assit sur le rocher décoratif situé près du garage ; une bouteille d'eau était dissimulée dans l'ombre et il tendit la main vers elle.

— Archie ? Archie ?

Une Hilary hystérique se mit à l'appeler depuis la fenêtre située derrière lui.

Il sursauta, répondant aussitôt à l'inquiétude qu'il perçut dans sa voix.

— Qu'y a-t-il ?

— C'est Magnus. Viens vite.

FATIGUE ET vieillesse, annonça le médecin, mais dans des termes plus diplomates. Magnus devait se reposer dès maintenant – repos complet et attention de la part de ses proches, bien loin des exigences du domaine.

Malgré son mécontentement et ses violentes protestations, Magnus fut envoyé en Floride, chez sa fille.

Harold Magnus avait bien un prénom *et* une fille. C'était extrêmement surprenant.

Les services de sécurité de WalkCom envoyèrent un jeune homme svelte nommé Carl, aussi grand qu'un joueur de la NBA, qui ne paraissait pas suffisamment fort pour ouvrir une bouteille, mais fournit une aide précieuse à Evelyn et Hilary en transportant les provisions et en se chargeant des courses.

C'était tout ce dont ils avaient besoin à ce moment précis. Un majordome était la relique d'un passé lointain, avec les fêtes et les repas formels qui n'avaient plus lieu, de toute façon. Les employés mangeaient dans la cuisine. Libby restait dans ses appartements, toujours incertaine quant à ce qu'elle voulait – et autorisée à vivre ici aussi longtemps qu'elle le souhaiterait – et Henry vivait dans le bureau de son père quand il était là.

Séparés. Tous autant qu'ils étaient.

XIV

Libby était allongée sur une délicate méridienne de couleur rose, presque de la même teinte que le soleil qui se levait derrière les parois du solarium. Dans un survêtement noir et un haut de yoga gris, elle paraissait étrangement déplacée dans cette pièce ornementée.

— Bonjour, Archie, murmura-t-elle en tournant la tête pour lui faire face.

Sa pâleur et sa voix calme lui brisèrent le cœur.

Il se plaça à ses côtés et l'aida à se redresser.

— Merci. Désolée, le médecin m'a donné ces ridicules médicaments pour dormir, et je n'arrive plus à me réveiller.

Elle balança ses jambes sur le côté, puis tapota l'espace près d'elle.

— Je songe à ne pas les prendre ce soir. Je voudrais retrouver toutes mes facultés.

Archie s'assit avec précaution, la rendant insignifiante par sa taille. Il se sentit bizarre sur cet accessoire délicat. En fait, ça paraissait étrange d'être assis si près de Libby.

— J'ai eu votre message, mais je ne suis pas certain de comprendre pourquoi nous devons rester aussi… discrets… pour parler.

Archie retint son souffle.

— Je suis inquiète à propos de Henry, comme vous l'êtes aussi. Bien sûr, c'est compréhensible après ce qui s'est passé, mais sa paranoïa… Elle dépasse les bornes.

Il lâcha un soupir frustré.

— Ouais, je sais.

— Ce travail avec le conseil est trop prenant. Je ne suis même pas sûre qu'il ait eu le temps de faire son deuil.

Libby soupira de manière dramatique.

— Tout le met en colère. Il ne mange pas. Ne dors pas. Il se contente d'étudier des livres et le moindre bout de papier qui se trouve dans le bureau de Norman tout au long de la nuit.

Libby tapota le genou d'Archie.

— Je pensais que nous pourrions essayer de trouver une solution ensemble pour aider Henry.

— Qu'il soit d'accord ou pas ?

Elle haussa l'une de ses épaules délicates.

— Oui. Je refuse de le laisser travailler ainsi jusqu'à l'épuisement. Norman n'aurait pas voulu ça.

— Ce n'est pas l'impression qu'il avait, marmonna Archie avant de se raidir, embarrassé. Oh… Madame Walker, veuillez m'excuser.

Elle leva la main.

— Archie, s'il vous plaît, appelez-moi Libby. Et je vous en prie, ne vous excusez pas d'avoir exprimé votre pensée. J'ai énormément aimé Norman, mais je ne me fais aucune illusion concernant ses talents en tant que parent.

Ou leur absence. La phrase resta suspendue dans l'air entre eux.

— Henry s'est toujours inquiété de devoir vivre en fonction des attentes de son père.

Archie s'affala.

— Et à présent, il n'obtiendra plus jamais la reconnaissance qu'il souhaitait.

— Oh, Archie, je savais que je choisissais la bonne personne à qui m'adresser.

— Je…

— Norman était un homme difficile, je ne le nie pas. Mais il aimait Henry, tellement, tellement fort. Et je ne pense pas que le testament était censé le démolir. Je déteste que son fils prenne les choses ainsi.

Elle leva un regard triste sur lui.

— Je suis rongée par la culpabilité, Archie. J'aurais aimé faire plus pour convaincre Norman de se rapprocher de son fils quand il était encore en vie.

Elle renifla.

— Il me manque tellement.

Elle se mit à pleurer et Archie tendit aussitôt le bras par l'attirer contre lui. Il la laissa sangloter contre son épaule, lui tapotant maladroitement le dos. Il souhaita que sa mère soit là, il souhaita…

Et ce fut l'instant où il vit Henry, dont la silhouette s'encadrait dans l'ouverture en forme d'arche.

L'expression de son regard était la même que celle qu'Archie avait vue quand il était tombé sur Kit et lui en train de bavarder dans le bureau.

De la jalousie.

Archie soupira, se détachant doucement de Libby.

— Henry est là, murmura-t-il.

Libby leva les yeux, surprise, et s'essuya les yeux sans beaucoup de conviction.

Archie se releva et marcha jusqu'à Henry. Il ne put s'empêcher de noter les cernes sous ses yeux, la lividité de sa peau. Il était appuyé contre le mur, sa cravate de travers.

— Putain, mais qu'est-ce que tu fabriques ? demanda-t-il, la voix basse et tremblante.

Archie se rapprocha.

— Libby était bouleversée.

— Tu m'as dit que tu avais un rendez-vous avec ton médecin en ville, rétorqua Henry. Tu m'as menti.

— Libby n'allait pas bien et avait besoin de me parler, répondit Archie d'un ton plat.

— Tu n'es qu'un putain de menteur. À propos de quoi d'autre as-tu menti ? Peut-être que le FBI a raison à ton sujet ! Et toi...

Henry redirigea sa colère vers Libby, qui se tenait derrière Archie.

— Que fais-tu encore ici ?

Son visage s'enlaidit sous l'effet de la rage.

— Est-ce que tu essaies de te dégoter un nouvel époux richissime ?

Libby hoqueta.

Archie le regarda passer d'un ennui calme à une fureur rugissante en quelques secondes, et l'étrangeté de la scène, sa réaction si différente de sa personnalité habituelle, l'obligea à ralentir.

— Calme-toi.

Les mots sortirent bien plus calmement qu'il ne le souhaitait ; il leva la main dans un geste de supplication et ce fut ce mouvement qui déclencha tout.

Henry se jeta sur lui, déjà déséquilibré tandis qu'il s'éloignait du mur. Il y eut un enchevêtrement de bras, mais Archie oscilla à peine en l'attrapant.

— Henry, stop, stop, cria-t-il en le saisissant par les bras avant de le repousser contre le mur.

Il utilisa son propre corps pour peser contre lui et stopper son agitation démente.

L'éclat de ses yeux l'effraya encore plus que son attaque avortée.

— Tu veux baiser Libby ? Et Kit aussi ? Mais qu'est-ce qui ne va pas chez toi ? hurla Henry dont la voix vacilla au milieu des mots, se brisant avec un bruit étranglé.

Il avait l'air perdu tout en se débattant contre le corps d'Archie.

Comme s'il ignorait ce qu'il faisait là.

— Chuuut, murmura Archie en sentant le combat le quitter.

Le rapprochement de leurs deux corps n'eut plus rien à voir avec le contrôle et se rapprocha du réconfort tandis qu'Archie relâchait sa poigne.

— Doucement, mon amour, chuchota-t-il alors que les membres de Henry devenaient aussi mous que de la cire sous ses mains.

— Archie ? demanda Henry en cillant. Je ne…

— Je sais. Asseyons-nous, d'accord ? Tu as l'air un peu pâle.

C'était un euphémisme. Henry était comme le ciel durant un blizzard – blanc et vide – la seule couleur restante étant le bleu perçant de ses yeux.

— Oui, d'accord.

Il laissa Archie le conduire, s'appuyant contre lui alors qu'il perdait peu à peu toute sa capacité à se tenir debout. Ils réussirent tout juste à atteindre la méridienne sur laquelle ils s'effondrèrent.

Libby pressa une couverture entre les mains d'Archie avant de se précipiter à l'extérieur. Il ne lui demanda pas où elle allait ; tout son être était concentré sur Henry, qui était étendu sur le sofa et respirait difficilement.

— Archie ?

— Oui, détends-toi.

Il plaça la couverture autour de son corps, la lissant jusqu'à ce que les tremblements s'apaisent. Son cœur battait avec effroi. Tout ceci n'avait rien avoir avec la colère ou la paranoïa. Henry était malade.

Archie entendit des bruits de pas derrière lui ; il ne se retourna pas, toujours concentré sur le visage pâle de son ami et ses paupières qui battaient rapidement.

— J'ai appelé une ambulance.

C'était Libby, sa voix était pleine de larmes.

— Votre mère est là. Ainsi que Carl. Voulez-vous le déplacer ou...

— Non, merci. Il sera très bien ici.

Archie frotta son front moite, repoussant ses cheveux de ses yeux.

— Ils ont dit dix minutes.

Elle vint se placer de l'autre côté du meuble, les mains pressées contre sa poitrine.

— Qu'a-t-il pu se passer ?

— Peut-être est-ce la commotion.

Archie lui ferma les yeux avec des gestes doux.

— Peut-être...

Il ne termina pas sa phrase. Le bruit d'autres pas l'interrompit.

— Ciel, haleta Evelyn, le boitement de sa jambe annonçant sa présence.

Archie sentit la main de sa mère sur son épaule.

— Maman, qu'est-ce que ça te rappelle ? l'interrogea-t-il, levant les yeux vers elle avec espoir... et un soupçon de découragement.

Quelque chose n'allait pas : il pouvait le sentir jusque dans ses os.

— De l'alcool ? s'enquit-elle en fronçant les sourcils. Non. C'est comme... lorsqu'il était petit et qu'il a eu cette mauvaise réaction aux stéroïdes.

Son expression devint intense.

— Il hallucinait presque.

— Il n'a rien pris de ce genre, hésita Libby. Et il ne boit que très peu d'eau, sans parler d'alcool.

Un frisson glacé parcourut la peau d'Archie. Il hocha la tête.

— Quand nous serons à l'hôpital, tu devras dire aux médecins de vérifier s'ils trouvent des traces de stéroïdes. Et tout ce qui n'a rien à faire dans son système, dit Archie.

141

Libby hoqueta.

— Seigneur, murmura Evelyn, sa main se resserrant sur son épaule.

— Restez discrètes, d'accord ? Personne d'autre que nous trois ne doit savoir, à part les médecins.

Le nombre de gens à qui Archie pouvait faire confiance était en train de se réduire à rien. Sous sa main, Henry s'était assoupi, un sommeil qui n'était pas naturel alors qu'il continuait à s'agiter.

Le remue-ménage attira leur attention et Libby se hâta de diriger les ambulanciers à l'intérieur.

— Maman ?

Archie se tourna vers elle pour lui faire face.

— Oui, chéri ?

— Tu es la dernière personne à qui je peux faire totalement confiance.

Sa voix se brisa.

— Nous devons surveiller Henry de près.

— Ce n'est pas ta faute, Archie.

Evelyn toucha sa joue avec affection.

— Pas le moins du monde. Nous allons le protéger. Je te le promets.

Archie hocha la tête, la gorge serrée par la peur.

Il fallut peu de temps aux secouristes pour trouver le chemin du solarium. Le jeune homme et la femme plus âgée étaient efficaces et polis, même s'ils durent repousser Archie loin de la silhouette immobile de Henry.

— Nous pensons qu'il a pu faire une mauvaise réaction à l'un des médicaments qu'il a pris, dit Libby d'une voix étrangement haute.

— Merci, répondit la femme.

Puis, ce fut le silence tandis qu'ils prenaient ses constantes et le préparaient au transport.

XV

Archie conduisit le BMW, suivant l'ambulance tandis qu'elle se dirigeait vers le petit hôpital local. Libby était assise à ses côtés, son sac à main serré sur ses genoux, les articulations blanches contre la lanière. Evelyn était installée sur la banquette arrière, un revirement de situation qu'Archie n'avait pas manqué de noter malgré sa nervosité.

— Nous devons garder un œil sur ceux qui entrent et qui sortent, dit-il en tapotant le volant en acier.

Il baissa le chauffage pour pouvoir baisser la voix.

— Peut-être même interdire l'accès de sa chambre aux visiteurs, si nous le pouvons.

— Seigneur, Archie... pensez-vous réellement que quelqu'un puisse faire ça ? dit Libby d'une voix tremblante. Droguer Henry ?

— Nous ne savons toujours pas qui est vraiment derrière le kidnapping. Et ce que cette personne serait capable de faire pour prendre le contrôle du conseil.

Ils s'arrêtèrent quelques instants à un stop avant de redémarrer.

— C'est terrible. Terrible. Je vais appeler le service de sécurité de la société que nous utilisons sur le terrain. Ils devraient envoyer quelqu'un à l'hôpital. Et... nous devons appeler cet agent du FBI.

Libby sortit son téléphone de son sac.

Archie hocha la tête, soulagé lorsque l'hôpital fut en vue. Il suivit la direction du parking des visiteurs, les mains tremblantes tandis qu'il retirait le ticket du portail automatique à l'entrée du parking.

Il protégerait Henry, peu importe ce que ça coûtait.

Au bureau principal, le trio fut redirigé vers les urgences. Henry avait été emmené rapidement derrière les lourdes portes battantes. Ils ne pouvaient plus reculer à présent.

Evelyn avait besoin de s'asseoir ; Archie les installa, elle et Libby, sur des chaises, près du bureau des admissions, pour qu'il puisse garder un œil sur les médecins.

Puis, il commença à aller et venir.

— Ne devrions-nous pas appeler quelqu'un au bureau ? lui lança Libby à l'un de ses passages.

— Non.

Archie fit le tour des sièges, descendit le petit couloir en direction d'un distributeur de sodas et revint sur ses pas avant de repartir vers les toilettes. Puis, il fit de nouveau demi-tour.

— J'aimerais qu'ils se dépêchent, râla Evelyn alors qu'il passait devant elle.

Oui ; lui aussi le souhaitait désespérément.

— Est-ce que la famille de monsieur Walker est ici ?

Un médecin se tenait au bureau, jetant un œil sur la salle d'attente presque vide.

— Nous sommes ici, répliqua Archie, faisant signe à Libby et Evelyn.

— Je suis madame Walker. Sa belle-mère.

Libby ne bougea pas devant l'expression dubitative de l'homme ni le coup d'œil qu'il lança à Archie.

— Archie et Evelyn sont de la famille.

Il paraissait s'en ficher, même s'il semblait sur le point de vouloir lâcher une blague de mauvais goût si on se fiait à son expression. Archie le suspecta de n'avoir aucune idée de qui Henry était.

— Je suis le docteur Bonner. Monsieur Walker semble avoir subi une réaction allergique.

Archie sentit son estomac se nouer d'effroi. Il détestait avoir raison à propos de tout ça.

— Nous avons effectué quelques tests sanguins.

Le docteur Bonner s'interrompit.

— Il dit qu'il ne prend aucun médicament pour le moment. Avez-vous un médecin de famille à qui nous pourrions parler et qui pourrait confirmer ceci ?

Libby et Archie échangèrent un regard ; son acquiescement fut à peine visible.

— Docteur Bonner, pouvons-nous parler en privé ?

Archie baissa la voix.

— Je crois que nous avons besoin de contacter le FBI, et les choses doivent rester discrètes.

Le médecin cligna des yeux, surpris.

— Bien sûr.

Il fit un geste pour les encourager à le suivre dans la salle des urgences.

— Je vais rester ici, dit Evelyn, la main serrée sur sa canne.

Archie lui sourit et lui serra le bras.

— Très bien, maman. Peux-tu appeler la maison ? Pour prévenir Hilary et Carl ? Ils ne doivent parler à personne qui viendrait à la maison ou appellerait. Pas un mot sur l'endroit où se trouve Henry.

— Bien sûr.

Evelyn se releva légèrement et il se baissa pour qu'elle l'embrasse sur la joue.

— Dis-lui que je l'aime.

Il lui adressa un hochement de tête rassurant, puis pivota pour suivre Libby et le docteur Bonner par-delà les portes battantes. Il n'avait que quelques instants pour le rattraper et lui expliquer ce qui se passait réellement.

HENRY ÉTAIT allongé sur le lit, dans un box d'angle, relié à une intraveineuse et plusieurs appareils de monitoring. Il avait été déshabillé et ne portait qu'un tee-shirt et son pantalon.

Il avait l'air légèrement moins mal en point, ce qui rassura aussitôt Archie.

— Monsieur Walker ? Votre famille est ici, lui dit le docteur Bonner tandis que Libby venait se placer à ses côtés.

Elle prit ses mains entre les siennes, les serrant doucement.

Henry ouvrit péniblement les yeux, clignant des paupières sous la lumière trop forte au-dessus de lui.

Son regard se posa immédiatement sur Archie qui se tenait immobile au pied du lit. Les larmes coulèrent et son ami posa une main réconfortante sur sa cheville à travers les couvertures.

— Désolé, commença-t-il à dire, mais Archie pressa légèrement.

— Tu es malade. Une mauvaise réaction à quelque chose. Repose-toi, ajouta-t-il doucement.

Henry hocha la tête et referma les yeux.

—Nous allons le garder jusqu'à ce que les résultats des tests reviennent. Vous souhaitiez passer un coup de téléphone…, murmura le docteur dont le regard passa de Libby à Archie.

— Je m'en charge.

Elle se pencha et embrassa Henry sur la joue.

— Repose-toi, chéri. Je serai bientôt de retour.

Elle sourit au médecin et effleura le bras d'Archie avant de quitter le box.

— Dès que j'aurai reçu quelque chose du laboratoire, je reviendrai, l'assura le médecin.

Les paupières de Henry étaient toujours fermées, alors Archie tendit la main vers lui.

— Merci. J'apprécie votre aide.

Ils se serrèrent la main et le docteur Bonner s'éloigna après quelques secondes, laissant Archie et Henry seuls.

Il dénicha une chaise pour les visiteurs et la rapprocha pour s'asseoir près de lui.

— J'ignore ce qui ne va pas, murmura Henry, si bas qu'Archie faillit ne pas l'entendre.

— Je crois que quelqu'un t'a donné des stéroïdes… auxquels tu es allergique. Est-ce que tu te souviens de ça ?

La voix d'Archie était étouffée.

Le visage de son ami se plissa ; ses yeux s'ouvrirent et il tourna la tête vers lui.

— Quand j'étais petit…

— Exact. Tu n'as rien pris de toi-même, n'est-ce pas ? Ni médicaments ni vitamines ?

— Non. Rien.

Il s'humecta les lèvres. Puis, son expression confuse se transforma en panique.

— Quelqu'un m'a donné quelque chose…

— Oui.

— Ils m'empoisonnent.

La peur présente dans sa voix poussa Archie à se relever ; il se pencha sur lui avant de lever une main apaisante pour lui effleurer le visage.

— Je te promets que je vais m'assurer que personne ne te fasse du mal, Henry. Je te le jure. Mais, d'abord, tu dois me croire quand je te dis que je n'y suis pour rien. Je ne pourrais jamais te blesser. Jamais.

Les mots passionnés parurent pénétrer le brouillard dans lequel il se trouvait ; il frissonna sous le regard d'Archie et acquiesça faiblement.

— Tu ne me ferais jamais de mal.

— Jamais. C'est mon boulot de te protéger... et je le ferai.

Archie ne prit pas la peine de réfléchir à ce qui se produisit ensuite. Ce fut naturel et nécessaire pour lui de déposer un baiser sur le front moite de Henry, puis contre ses lèvres desséchées.

— Désolé, souffla Henry, brisé et triste.

— Ne t'excuse pas, je t'en prie. Tu es malade, et nous reparlerons de tout ça quand tu te sentiras mieux, affirma Archie.

Henry finit par lui obéir, respirant profondément tandis qu'il se recroquevillait contre lui.

Et Archie s'inquiéta qu'il puisse entendre son cœur battre trop fort, au point de sortir de sa poitrine.

Ils restèrent ainsi, silencieux et serrés l'un contre l'autre, jusqu'à ce que le dos d'Archie lui fasse mal. Cependant, il fut incapable de s'éloigner.

LIBBY ET le docteur Bonner revinrent pratiquement en même temps. Archie les entendit et se redressa avec un grognement discret. À un moment, Henry s'était assoupi et il n'avait pas voulu le déranger.

Quand il se retourna, ils fronçaient tous les deux les sourcils.

— Allons discuter à l'extérieur, dit le médecin d'un ton calme, en lui faisant signe de le suivre.

— Le FBI est en route, chuchota Libby alors qu'Archie la rejoignait.

— Bien, répondit-il en hochant la tête.

Dans le couloir, le docteur Bonner les attendait ; son expression précédente – froide et calme – avait disparu.

— Qu'y a-t-il ? interrogea Archie.

Le docteur prit une grande inspiration.

— Vous aviez raison. Il y a une importante quantité de stéroïdes dans son système sanguin. Supérieure à ce qu'un médecin aurait prescrit.

Archie avala difficilement sa salive.

— Combien de temps avant que les effets ne s'atténuent ?

— Quelques jours. Il devrait se sentir beaucoup mieux d'ici une heure ou deux. Cependant, ses muscles vont être douloureux et la faiblesse qu'il éprouve va s'attarder encore un peu. La colère et la paranoïa devraient diminuer rapidement.

— Il a subi une commotion sévère récemment. Il y a quelques semaines.

— Ah… Très bien. Pouvez-vous me dire où il a été pris en charge ? J'ai besoin de récupérer son dossier.

Libby était déjà en train de sortir son téléphone.

— Voici son médecin traitant. Et notre spécialiste personnel. C'est lui qui a examiné Henry après que nous l'avons ramené à la maison.

Elle montra les numéros au médecin qui les nota rapidement sur le dossier de Henry.

— Merci. Laissez-moi les contacter tous les deux ; nous aurons peut-être besoin de faire d'autres examens.

Le docteur Bonner les salua tous les deux, puis s'éloigna en toute hâte.

Archie sentit ses genoux s'affaiblir.

— Tout cela est dément, murmura Libby. Dément. Que devrions-nous faire, Archie ? Appeler le service de sécurité ?

— Non. Personne ne doit se rendre dans la maison à moins que nous soyons convaincus de pouvoir leur faire confiance.

Il passa une main sur son visage.

— Ce qui signifie que nous ne pouvons pas laisser Henry revenir au domaine avant que Carl n'ait été contrôlé et que nous prenions contact avec une autre entreprise de sécurité.

— Nous avons déjà enquêté sur lui…

— Qui, Libby ? l'interrompit-il.

Elle fit une pause et secoua la tête.

— Le service de sécurité de WalkCom.

— Alors nous ne rentrons pas à la maison. Nous allons aller à l'appartement de maman. C'est petit, mais on peut se débrouiller. Et surtout garder un œil sur tout.

— Où dois-je aller, alors ?

— À la maison. Nous devons sauver les apparences.

— Et si on me demande où se trouve Henry ?

— Dites-leur qu'il loge à l'hôtel en ville pour être plus proche de son bureau.

Archie jeta un œil à sa montre, désespérément en manque de caféine, de nourriture et de calme.

— En fait, Kit peut commencer dès à présent. Il faut qu'elle quitte le bureau plus tôt avec un tas de dossiers et son portable.

— Vous êtes très bon pour toute cette histoire d'espionnage.

Elle rit faiblement, ses mains s'agitant contre sa poitrine.

— Vous avez raté votre vocation.

— Peut-être, mais on ne sait toujours pas qui a monté tout ça.

Archie fouilla dans sa poche pour attraper son téléphone.

— Je vais appeler Kit et parler à ma mère.

Libby hocha la tête.

— Je vais m'asseoir près de Henry.

Il la regarda pénétrer dans le box, puis se dirigea vers le couloir et passa les portes battantes. Chaque personne, que ce soit le personnel de l'hôpital ou les patients et leurs familles, reçut un regard meurtrier de sa part. La paranoïa ne lui rendrait pas service – il avait besoin de réfléchir calmement sur les accès et les motivations.

— Maman ?

Archie composa le numéro personnel de Kit pendant que sa mère se redressait en tremblant à son approche.

— Je vais avoir besoin d'une faveur.

Kit décrocha dès la première sonnerie.

— Allô ?

Archie leva la main pour interrompre les questions de sa mère.

— Kit, c'est Archie. J'ai besoin que tu fasses quelque chose pour moi.

À la fin de la conversation, Evelyn était sur le point d'éclater sous la pression des questions qu'elle voulait poser.

Entre temps, le FBI était arrivé.

L'agent Feller et son partenaire se tenaient à quelques mètres d'eux, attendant poliment qu'Archie raccroche.

Il perçut des bribes de leur discussion. Puis, le plus jeune dit :

— Avoir quelqu'un à l'intérieur et recevoir un bon financement n'est pas forcément synonyme de résultat. Ou peut-être que l'argent n'était pas ce qu'ils recherchaient.

Archie perdit le fil durant une seconde avant de se diriger vers eux.

— Messieurs, dit-il en leur tendant la main.

— Monsieur Banks.

L'agent Feller sourit légèrement.

— Nous avons reçu un appel de madame Walker.

— Le médecin a confirmé la présence d'une grande dose de médicaments auxquels Henry a fait une mauvaise réaction. Ce n'était rien qu'il n'a pris de lui-même.

Il laissa ses paroles faire leur chemin.

Les agents en costumes gris échangèrent un coup d'œil.

— Pouvons-nous parler au médecin ?

— C'est le docteur Bonner. Je demanderai à ce qu'il soit appelé.

Archie lança un regard rassurant à sa mère avant de diriger les agents vers le bureau d'accueil.

— Nous allons nous en charger, monsieur Banks. Merci.

L'agent Feller le congédia sans se départir de son sourire poli.

— Bien. Je retourne m'asseoir auprès de Henry.

L'agent secoua la tête.

— Je ne pense pas que ce soit une bonne idée.

Mais Archie en avait assez.

— À moins que vous n'ayez des preuves que je suis impliqué dans son kidnapping et que je lui aie fait quoi que ce soit, je serai assis auprès de lui avec mon amie, répliqua-t-il, conscient des gens qui déambulaient autour de lui et tentaient de voir ce qui se passait. Pourquoi ne faites-vous pas votre putain de métier pour le protéger ?

Sur ces mots, Archie retourna auprès de sa mère, la rage battant violemment sous sa peau.

— Qu'est-ce que ça signifie ? demanda Evelyn alors qu'il s'accroupissait pour ne pas qu'elle ait à se lever.

— Prends une voiture et retourne à ton appartement. S'il te plaît. Prépare-le pour nous recevoir. J'ai besoin d'un endroit sûr pour le garder à l'abri.

Les paroles d'Archie franchirent ses lèvres de manière précipitée, la même peur frénétique bouillonnant à l'intérieur de lui.

Evelyn hocha la tête, les yeux écarquillés.

— Bien sûr, mon cœur. Tout de suite.

— N'en parle à personne. Ni d'où tu vas ni de ce que nous allons faire.

La bouche d'Evelyn n'était plus qu'une ligne dure ; Archie détestait devoir l'inquiéter de la sorte, mais il était à court d'idées.

— Oui, murmura-t-elle.

— Merci, ajouta-t-il, reconnaissant au-delà de tout. Prends la voiture de service de Tommy. Demande-lui de me facturer plus tard. Pas de carte de crédit.

— Très bien.

Evelyn prit son visage en coupe, l'expression sérieuse.

— Tu dois faire attention aussi, Archie. Ne sois pas inquiet pour Henry au point d'oublier de te protéger.

— Je te le promets, chuchota-t-il.

Elle l'embrassa sur le front et le laissa partir, déjà concentrée sur sa « mission ».

Quand Archie se redressa et pivota, les agents du FBI étaient partis. Il considéra cela comme une preuve évidente qu'ils avaient sous-estimé ce qu'il avait dit. Mais rien ne pourrait l'empêcher d'être avec Henry.

XVI

HENRY REVINT peu à peu à la réalité, un pas après l'autre. Quand il put enfin ouvrir les yeux, il fut accueilli par une vision rassurante.

Archie. Assis près de son lit, le menton sur la poitrine.

Il était sur le point de demander ce qu'il faisait là quand la douleur le frappa d'un seul coup. Ce fut comme s'il avait été roué de coups. Comme si sa tête allait s'ouvrir en deux.

Comme au moment du kidnapping.

S'ajoutant à son effroi grandissant, Henry ne put se rappeler ce qui s'était passé.

— Archie ? croassa-t-il, la bouche sèche.

La tête de son ami se releva, l'expression soulagée.

— Merci, Seigneur.

Il fut sur pieds en une seconde et alla à la petite table de chevet où une carafe de couleur moutarde attendait. Il lui versa un verre d'eau et revint à ses côtés.

— Bois doucement, d'accord ?

La main d'Archie était forte et supporta son cou, lui permettant de se redresser pour prendre une gorgée d'eau.

C'était si bon que ce fut presque douloureux.

Il but jusqu'à ce que le verre soit vide, encouragé par le sourire d'Archie.

— Voilà.

Archie l'aida à se recoucher et Henry s'enfonça dans les oreillers avec soulagement.

— Où suis-je ?

— Tu ne t'en souviens pas ?

Archie posa le verre sur la table et revint près du lit.

— On t'a admis à l'hôpital.

Henry fronça les sourcils. Sa tête lui faisait mal, des bribes de souvenirs dansaient au milieu des pulsations de douleur.

— Je…

La honte le saisit en premier, suivie par le souvenir d'avoir attaqué Archie – en criant et en tentant de le frapper.

Le visage de son ami s'adoucit.

— Tu étais malade, et tu es désolé. Nous n'allons pas reparler de ça, dit-il, ferme et tendre à la fois. Tout ce qui m'intéresse, c'est que tu te sentes mieux.

Des discussions filtrèrent du fond de son cerveau.

— Stéroïdes.

— Oui. Ils t'ont rendu malade et ont amplifié les symptômes de la commotion. Les gens ici gardent un œil sur toi, mais ça va s'arranger.

— Qui ?

L'expression d'Archie devint tendue. Inquiète.

— Je l'ignore, mais je vais le découvrir. Jusqu'à ce que j'y parvienne, tu restes avec moi.

— Je t'ai accusé de coucher avec Libby.

— Et Kit, ajouta Archie, tentant de faire preuve de légèreté.

— Mon Dieu.

Haussant les épaules, Archie laissa tomber son regard sur la couverture qui recouvrait les jambes de Henry.

— Et tu as oublié que j'étais gay ; je ne te l'ai pas suffisamment prouvé dernièrement.

Faiblement, Henry tendit la main pour l'effleurer, agrippant son poignet et l'attirant sur sa poitrine.

— Je t'aime, murmura-t-il.

Il observa son visage, le doute et le chagrin qui jouaient sur les traits bien-aimés. C'était douloureux de voir Archie comme ça, et encore plus dur de savoir qu'il en était la cause.

Au bout d'un moment, Archie lui rendit son regard, droit dans les yeux.

— Je t'aime aussi. Et nous reparlerons de tout le reste quand je serai convaincu que tu es en sécurité.

— Merci, souffla Henry sans lâcher son poignet.

Ils restèrent assis paisiblement durant un moment. La chambre individuelle était plongée dans la pénombre pour soulager les yeux fatigués de Henry et sa migraine. Libby, lui avait-il dit, était retournée à la maison pour préparer son sac et Evelyn arrangeait l'appartement pour leur arrivée.

— Je vais aller chez ta mère ? s'enquit-il avec surprise.

Il pensait que la maison, digne d'une forteresse, était plus sûre.

— Peu de gens le connaissent. Et c'est plus petit ; je pourrai savoir ce qui se passe bien mieux que dans ce monolithe aux quinze salles de bain, le taquina gentiment Archie.

— En fait, c'est une bonne idée.

Archie joua avec le coin de la couverture tout en souriant.

— Merci. Libby pense que j'ai raté ma vocation en tant qu'espion.

— Il se peut qu'elle ait raison. Tu as un look incroyable en costume sombre.

Henry sentit ses sentiments bouillonner, juste sous la surface. Il était convaincu qu'il devait y avoir un panneau d'affichage collé sur son front, informant tout le monde de ce qu'il éprouvait.

— Eh bien… pas d'uniforme pour l'instant.

La peau dorée et chaude d'Archie se mit à rougir au niveau de ses joues.

— Juste un jean. Désolé.

— Je le supporterai, murmura-t-il.

Archie le fixa et parut lire en lui, lui sembla-t-il. Henry ferma les yeux pour étouffer les paroles qu'il voulait lui dire juste en l'observant.

Il avala sa salive. Et entendit Archie soupirer lourdement.

— Tu sais que je perds tous mes moyens quand tu agis comme un Saint-Bernard, dit-il.

Ouvrant un œil, Henry tenta de le fusiller du regard.

— Ce n'est pas ce que je suis.

Archie le regarda, penchant la tête à gauche, puis à droite.

— Si, tu l'es. Mais je laisse couler puisque tu es malade.

— Pas malade, empoisonné.

Henry ouvrit les yeux.

— Et terriblement effrayé.

— On va trouver une solution. Je te le promets.

— Le FBI…

— … est toujours en train de fureter.

Il secoua la tête, pressant sa paume contre son œil droit.

— Je suis surpris que Feller et son acolyte ne soient pas ici pour te prévenir de rester loin de moi.

— S'ils l'ont été, je n'en ai gardé aucun souvenir.

Henry s'humecta les lèvres.

— Peu importe, de toute façon. Je ne les crois pas.

— Bien.

Avant qu'il puisse dire quoi que ce soit, quelqu'un frappa à la porte. Le docteur Bonner glissa sa tête par l'ouverture une seconde plus tard.

— Monsieur Walker, monsieur Banks.

Il pénétra dans la pièce, tenant un dossier.

— Je suis heureux de vous trouver éveillé. Comment vous sentez-vous ?

— Comme si un camion m'avait roulé dessus des dizaines de fois.

Henry jeta un œil à Archie, puis au médecin qui vint le rejoindre près de la table de chevet.

— Et légèrement inquiet du peu dont je me souviens.

— Eh bien, votre réaction aux médicaments est partiellement en cause. Le reste tient aux conséquences de votre commotion. Je pense que vous êtes retourné trop tôt au travail, dit-il sévèrement. Vous devez lever le pied et, par là, je veux dire vous reposer dans un lit et rester au calme pendant quelques semaines.

Henry s'assombrit, se tortillant sur le lit inconfortable.

— J'ai une société à faire tourner.

—Alors, faites-la tourner depuis votre lit. À mi-temps. Et déléguez.

Le médecin se fichait visiblement de ses excuses.

— Ou alors vous allez vous retrouver de nouveau ici, obligé de faire face à de graves conséquences en refusant de prendre le temps de vous soigner.

L'expression sérieuse d'Archie reflétait celle du docteur Bonner, et Henry ferma les yeux, ennuyé.

— Très bien, reconnut-il. Je vais faire une pause et travailler depuis la maison.

Il rouvrit les yeux.

— En faire un peu moins.

155

Une part de lui était effrayée à l'idée de faire un break, sachant que WalkCom était bien trop dans la tourmente et le danger pour que les choses soient confiées à quelqu'un d'autre.

À cet instant, la seule personne à qui il faisait totalement confiance était Archie.

— Je vous le promets, ajouta-t-il en notant que le docteur Bonner semblait posséder un radar à mensonges bien développé.

— Je serai avec lui tout le temps, interrompit Archie en croisant les mains.

Il utilisait sa voix de chauffeur.

— Et je serai capable de gérer son sommeil.

— Oui, il sera enchanté de pouvoir m'étouffer avec un oreiller quand je refuserai d'arrêter de travailler, dit sèchement Henry.

Ces paroles finirent par satisfaire le médecin.

— Très bien. Alors, je vous laisserai partir dans quelques heures, après quand vous aurez reçu une autre poche en intraveineuse. Vous êtes au bord de la déshydratation, M. Walker. Visiblement, M. Banks devra aussi surveiller la prise de liquides et de nourriture.

Le docteur Bonner leur adressa un sourire à tous les deux, un salut bref avant de sortir.

Henry pencha la tête en arrière et fixa le plafond.

— Arrête de prendre ton pied aussi bruyamment.

— Je ne prendrai jamais mon pied à te voir couché dans un lit d'hôpital.

Le ton dur d'Archie fit grimacer Henry ; il se tourna pour observer son amant. Son ami. Son employé.

Il était tout.

— Je sais, dit-il d'un ton doux. Je parlais du fait de me donner des ordres.

— Je préfèrerais que tu puisses te battre en retour.

Le regard d'Archie s'abaissa.

— Est-ce que tu peux rester seul quinze minutes ? Je voudrais passer quelques coups de fil et arranger deux ou trois choses.

— Bien sûr.

Henry tira les couvertures sur lui.

— Quinze minutes, pas plus. Si quelqu'un que tu ne connais pas entre ici…

Archie fouilla dans sa poche et en sortit son bipeur – son appareil de secours quand il n'avait pas son portable.

— Vieille école, murmura Henry comme Archie le plaçait dans sa main.

— Cache-le et contacte-moi. Je serai juste à l'extérieur.

— Compris.

Henry ne le taquina pas devant son expression sérieuse et sa requête façon « espion ». Il était suffisamment effrayé pour accepter l'appareil et le dissimuler sous les couvertures, bien serré au creux de sa main.

— Ça va aller, ajouta-t-il pour les rassurer tous les deux.

— Quinze minutes, répéta Archie en pressant l'épaule de son ami avant de s'éloigner.

— Je reste là.

Leurs regards se soutinrent assez longtemps pour que le cœur de Henry se mette à battre sauvagement. Les yeux bleu orage d'Archie lui firent tourner la tête encore plus que la commotion, tout en lui transmettant un sentiment de sécurité.

Sans rien ajouter, Archie pivota et se dirigea vers la porte.

XVII

EVELYN VIVAIT au rez-de-chaussée d'une maison mitoyenne du dix-neuvième siècle dans Prosper Heights, dans une rue bordée d'arbres. Elle avait commencé à louer des années plus tôt. C'était un lieu où elle et Archie pouvaient se rendre quand ils voulaient s'échapper du domaine durant les vacances et les week-ends. Et le propriétaire les traitait comme sa famille.

Alors, quand elle appela pour dire que son fils allait rester là quelque temps pendant qu'elle serait absente, Boris tint à faire le maximum. Il alla à la rencontre du taxi et serra Archie contre lui sitôt qu'il eut posé un pied par terre.

— Archie !

L'homme lui arrivait à la poitrine et le frappa dans le dos avec un enthousiasme qui menaça de lui laisser des ecchymoses.

— Bonjour, monsieur Akulov, dit Archie en lui rendant son étreinte d'un seul bras. Vous n'aviez pas à venir nous retrouver ici, nous avons la clé.

— Votre mère a dit qu'il fallait s'assurer que vous rentriez à l'intérieur avec votre ami. Alors, je m'assure que vous rentrez à l'intérieur avec votre ami, le sermonna-t-il.

Il se tordit le cou pour regarder derrière lui dans le taxi, là où Henry attendait patiemment.

— Merci.

Archie se détacha de lui.

— Viens, ça ne craint rien, murmura-t-il à son amant, tenant la portière ouverte en lui tendant la main.

— Très « James Bond », dit Henry en se glissant dehors avec précaution.

Il souffrait toujours, c'était évident pour Archie, mais il refusait de l'admettre.

Archie lui agrippa le bras comme il se redressait, le tenant fermement. Il l'aida à franchir la portière, la refermant une fois qu'il se fut assuré que tout était tranquille, et le dirigea sur le trottoir face à un Boris curieux qui patientait.

— Bonjour, monsieur, dit poliment Henry au petit homme ratatiné.

— Bonjour.

Boris louchait.

— Vous êtes l'homme qui a été kidnappé, dit-il sans ménagement.

Henry hocha la tête même si Archie se raidit à ses côtés.

— Allons à l'intérieur, dit-il.

Il ne voulait pas rester dans la rue aux yeux de tous, ni laisser monsieur Akulov poser des questions gênantes.

Le propriétaire les laissa passer, mais les suivit de près tandis qu'ils se dirigeaient vers le portail en fer qui menait à une porte coincée derrière les escaliers de devant.

Archie la déverrouilla et poussa gentiment Henry à l'intérieur, conscient de leur vulnérabilité. Il pivota et adressa à Boris un regard impérieux.

— Personne ne doit savoir que nous sommes ici, d'accord ? Nous ne voulons pas que la presse vienne nous embêter, énonça-t-il de façon claire et prudente.

Boris parut ennuyé.

— Je le sais déjà. Votre mère me l'a dit.

Il serra les lèvres, visiblement offensé par les propos d'Archie qui sous-entendait qu'il avait la langue trop bien pendue.

— J'ai préparé le déjeuner. Je vais vous l'apporter.

Il fronça les sourcils, irrité, mais toujours accueillant.

Archie soupira et se frotta le front de la paume de sa main.

— Je suis désolé. Les événements ont juste été très stressants dernièrement.

— Je comprends.

Boris Akulov se redressa et hocha la tête à l'adresse d'Archie.

— Je vous laisserai le déjeuner à la porte de derrière. Appelez-moi si vous avez besoin d'autre chose.

— Merci, monsieur.

Le propriétaire marmonna autre chose dans sa barbe et repartit d'un pas lourd, laissant la porte claquer derrière lui.

Archie allait définitivement devoir lui offrir quelque chose pour se faire pardonner.

Il s'avança dans l'appartement, ferma la porte à clé – ainsi que le verrou – et glissa la clé dans sa poche. Henry avait déjà allumé les lumières et le choc d'être de retour « à la maison » – ou la chose qui s'en rapprochait le plus et n'était pas l'appartement d'employés où il avait grandi – lui coupa le souffle.

Il était épuisé. Vidé. Il aurait aimé que sa mère soit sur le point de sortir de la cuisine pour annoncer que le déjeuner et le pain étaient sur la table.

Les yeux d'Archie le brûlèrent. Le parfum de verveine au citron et le bruit des canalisations touchèrent ses sens et ramenèrent beaucoup de souvenirs à la surface.

— Archie ? Tu vas bien ?

La voix de Henry le tira de sa fatigue et il repoussa la porte pour le rejoindre dans l'appartement.

C'était un endroit assez petit, qui débutait avec une pièce légèrement exiguë à l'avant, où Evelyn possédait un canapé, un fauteuil et une télévision installés en cercle. Les bibelots étaient bien alignés au milieu des livres de poche usés sur les étagères de la bibliothèque.

La pièce suivante était la cuisine, petite, mais pleine de bonnes odeurs qui s'attardaient encore dans les coins. Elle était propre, car Evelyn Banks ne tolérait pas le bazar, avec une petite table en bois coincée dans un coin, recouverte d'une nappe en dentelle. Au centre, un bol en argile rouge était rempli de pommes.

Henry n'était pas là non plus. Il y avait deux portes de plus : une à sa droite et une à sa gauche. Celle de droite menait à la chambre de sa mère et à la salle de bain, l'autre à son ancienne chambre. Il devina où Henry devait se trouver.

— Ici, l'appela-t-il, confirmant ses suppositions.

De l'autre côté de la porte et au milieu de tout un tas de souvenirs, Henry était assis sur le double-lit, appuyé contre l'encadrement en fer. Archie s'immobilisa en l'observant, émerveillé qu'il reste suffisamment d'oxygène pour eux deux dans une pièce aussi petite.

160

— Tu es trop grand pour être ici, dit Henry en souriant faiblement.

Il s'était débarrassé de sa veste et de ses chaussures, assis sur le dessus-de-lit en chenilles dans son pantalon noir et son étroit polo gris.

C'était comme si les fantasmes adolescents d'Archie devenaient réalité.

— Je dors parfois ici, quand je viens voir ma mère, dit-il.

Les murs étaient d'un vert irlandais, l'ancien parquet abîmé par des années de chaussures de sport et les roues de ses petites voitures Matchbox. Sans fenêtre, la seule lumière provenait d'une lampe posée sur une commode, une trouvaille provenant d'un marché aux puces qui convenait plus au salon d'une grand-mère.

— Où sont les posters d'athlètes suants et les grosses voitures ? le taquina gentiment Henry.

Il jouait avec le tissu grumeleux de la couverture, traçant du doigt les cercles bleus délavés.

— Maman ne les autorisait pas, mauvaise influence sur de jeunes esprits.

Il se mit à rire, déboutonna sa veste et la retira. Il la drapa au crochet de la porte.

— Je ne suis pas surpris. C'est la même raison qu'elle m'a opposée.

Henry le regarda, une expression de reproche sur le visage.

— Tu es fatigué. Viens t'allonger.

— Je vais bien.

— Tu es épuisé.

Il glissa sur le côté du lit aligné contre le mur.

— Je devrais vérifier la porte de derrière.

Archie fit un geste en tentant de raffermir sa volonté de protéger Henry et rien d'autre.

— Ta vertu est sauve avec moi, Banks. Je ne pourrais pas la lever, même si j'essayais, ajouta sèchement Henry.

Il était allongé sur le dos, soupirant tout en s'enfonçant dans le matelas trop mou.

— Ce n'est pas…

Avec un grognement d'ennui – il détestait lorsque Henry lisait en lui de la sorte – Archie retira ses chaussures. Il fit quelques pas vers le lit songeant comme tout ceci était stupide avant de s'asseoir sur le bord.

161

— As-tu froid ? demanda-t-il d'un ton bourru, et Henry éclata de rire.

— Oui.

Archie glissa une main sous le lit jusqu'à ce qu'il sente le lourd plaid que sa mère gardait là.

Il prit son temps, dépliant la couverture cousue à la main jusqu'à ce qu'elle soit drapée autour de ses jambes, avant de se coucher près de lui. Puis, il partagea la couverture.

— Tu vois ? Parfaitement innocent.

La voix de Henry était épuisée et il roula sur le côté pour se presser contre Archie.

— Chut. Juste une petite sieste et après, nous…

— … commencerons à nous cacher ? Doit-on faire quelque chose de spécial ?

Archie remua légèrement, jusqu'à ce qu'il retrouve le sillon qu'il avait creusé avec son corps voilà longtemps pour être à l'aise dans son lit. Ses chevilles pendaient au bout, les pieds pressés contre le mur.

Henry n'appartenait pas à cet endroit, du moins en théorie. Ceci, cet espace qui appartenait à sa mère et à lui loin du domaine, était le dernier lieu où il espérait le voir, surtout recroquevillé de la sorte contre son épaule, respirant profondément dans son oreille.

— Non, rien de spécial, répondit Archie sur un ton doux.

Il résista à l'envie de le toucher… jusqu'à ce qu'il s'empare de sa main sous le vieux plaid.

— Kit va venir apporter du travail ici pour que tu puisses garder un œil sur ce qui se passe. Mais, nous limiterons le temps que tu passes avec les gens en qui nous n'avons pas confiance.

— Qui sont… ?

Archie rit tristement.

— Tout le monde à part toi, moi et ma mère.

— Et en ce qui concerne Kit et Libby ?

— Elles sont légèrement plus fiables que les autres, Henry, mais nous devons quand même nous montrer prudents. C'est quelqu'un de l'intérieur.

162

Cette pensée les rendit silencieux. Henry se rapprocha un peu, le menton sur son épaule. Il pressa leurs doigts ensemble, et Archie se mordit l'intérieur des joues pour tenir sa langue.

Je t'aime. Je t'ai aimé depuis l'enfance, et je ferai n'importe quoi pour te protéger. C'était tout simplement terrifiant de prendre conscience de la profondeur de ses sentiments. Jusqu'où il était prêt à aller pour lui…

— Merci, Archie, dit soudain Henry, d'un ton bas et sérieux. Je ne sais pas ce que je ferais sans toi.

Le silence fut interminable – lourd et émouvant. Archie ne possédait aucun mot pour répondre, alors il émit juste un son pour le faire taire.

— Dors, murmura-t-il, les yeux déjà fermés.

XVIII

QUAND HENRY se réveilla, la pièce était plongée dans la pénombre, le lit vide et quelque chose sentait comme si un restaurant cinq étoiles avait ouvert ses portes dans la pièce d'à côté.

Le plaid était lourd sur son corps et il lui fallut plusieurs tentatives avant de réussir à le repousser faiblement. Il jura en son for intérieur sur sa condition actuelle ; étourdi en s'asseyant, ses membres se placèrent mollement dans une position qui lui permit de se redresser.

Il balança ses jambes sur le côté, respirant profondément. Le grésillement et l'odeur du bacon en train de cuire étaient clairement identifiables, de même que l'arôme du café et celui du pain. Durant une seconde, il s'autorisa à imaginer une existence où il n'aurait pas à se cacher de quelqu'un qui cherchait à le tuer et à détruire la société de son père. Où il pourrait se rendre dans la pièce d'à côté et enrouler ses bras autour d'Archie. Où il pourrait partager une vie durant laquelle ils seraient sur un pied d'égalité – au lieu d'éprouver toujours la sensation que chaque mot, chaque action n'était pas suffisante.

Ça ne dura qu'une seconde, cependant. S'il passait trop de temps à imaginer ce type de fantasme, ça lui faisait mal au cœur.

Se forçant à rester stable, Henry se mit debout, rétablissant son équilibre avant d'avancer. Il tenta de se rappeler combien de pas il fallait faire pour atteindre la porte, hésitant tandis qu'il avançait dans le noir, une main étendue devant lui.

Rien ne le gêna ; il trouva la poignée et la tourna, un grincement et un grognement accompagnant l'ouverture.

La lumière provenant de la cuisine le fit grimacer. D'une main, il se couvrit les yeux.

— Oh, désolé, dit Archie en apparaissant dans son champ de vision alors que Henry baissait la main et clignait des yeux depuis l'encadrement de la porte. Je ne voulais pas te déranger, ajouta-t-il.

Il se tenait devant la cuisinière, un torchon drapé sur l'épaule, et était en train de faire frire du bacon dans une poêle.

— Ce n'est rien.

Il jeta un œil sur la table dressée, puis vers les fenêtres. Il faisait nuit.

— Combien de temps ai-je dormi ?

— Cinq heures. J'ai dormi quatre heures.

L'expression d'Archie était légèrement penaude tandis qu'il se tournait vers le grésillement et le bruit de la nourriture.

— Bien.

Henry se glissa sur l'une des chaises rembourrées placées autour de la table, serrant ses mains sur le dessus.

— Tu en avais besoin. Nous en avions tous les deux besoin.

— Les derniers jours ont été terribles. Voire les semaines.

Il coupa le feu sous la poêle.

— Même les derniers mois.

Henry grogna en réponse.

— Peut-être que tout cela sera bientôt terminé. Et nous partirons quelque part en vacances. De vraies vacances.

Les paroles continuaient à se déverser de sa bouche alors que son cerveau lui envoyait de douloureux rappels de la manière horrible dont il traitait Archie depuis si longtemps.

— Hawaï.

— On verra, fut tout ce qu'Archie répondit.

Puis, il n'y eut plus que le bruit de la préparation du dîner.

Il y avait une assiette de bacon, des tomates tranchées, de beaux morceaux de cheddar de Dublin et une miche de pain chaud tout juste sortie du four. Henry se mit à saliver à l'apparition de chaque plat, Archie revenant une dernière fois avec une carafe de café.

— Evelyn sera impressionnée quand je lui parlerai de tes talents culinaires, dit-il doucement.

— Je ne suis pas certain que ça compte comme cuisine.

Archie leur versa à chacun un mug de café et Henry commença à remplir les deux assiettes avec de gigantesques portions de nourriture.

— Mmmm, on a besoin de mayonnaise.

Henry lui fit une grimace.

— Non, nous n'en avons pas besoin.

— Si.

Archie était de nouveau debout près du frigo.

— En fait, du beurre ne serait pas de refus, l'interpella Henry.

La chaleur domestique de la cuisine, la nourriture, le fait qu'il se sente bien reposé pour la première fois depuis des mois, ouvrit quelque chose en lui. Quelque chose qui s'apparentait au soulagement et au réconfort, avec le sourire d'Archie en prime quand il le rejoignit à table.

Avec de la mayonnaise et du beurre.

Il leur coupa d'épaisses tranches de pain tandis que Henry piquait des morceaux de bacon dans le plat. Il tenta de se rappeler qu'il se cachait, qu'il aurait dû être effrayé.

Sauf qu'il ne l'était plus lorsqu'il se trouvait avec Archie.

— Je vais t'emmener avec moi quand tout ceci sera terminé, expliqua-t-il audacieusement pendant qu'Archie laissait tomber deux morceaux de pain dans son assiette.

Il continua à parler quand il le sentit se raidir.

— Je dois me rattraper vis-à-vis de toi, Archie.

Le regard de son ami tomba sur son assiette.

— Henry… Tu n'as pas à…

— Si, je le dois.

Henry insista malgré son refus.

— Je m'inquiète pour toi. Tellement. Et pourtant, au moment même où j'ai réalisé que tu étais la seule personne au monde en qui j'avais confiance, je t'ai repoussé. Et c'est impardonnable.

— Non, au contraire, c'est totalement compréhensible, répliqua doucement Archie en relevant la tête pour lui sourire tristement. Tu as eu beaucoup de choses à gérer et nous n'avons jamais… jamais collé d'étiquette sur tout ça.

— Eh bien, c'était une erreur.

Il tendit la main au-dessus de la table pour saisir ses doigts.

— Avant que les choses ne deviennent un enfer, j'aurais dû te dire… j'aurais dû te dire ce que je voulais vraiment.

Ses paroles attirèrent l'attention d'Archie, car il remua légèrement et ses épaules se redressèrent ; Henry n'en serra sa main que plus fort.

—Je voulais te dire… Archie, je… J'ai toujours été fou de toi, depuis l'âge de treize ans. Ce n'était pas qu'une question de sexe.

Sa voix mourut et devint un chuchotement, la douleur dans sa poitrine s'amplifiant.

— Ne pars pas. Je ne veux pas que les choses s'arrêtent.

— Henry, ce n'est pas le moment.

La voix d'Archie était rauque, comme s'il avait hurlé pendant des heures. Autour d'eux, le temps semblait s'être arrêté – tous les sons, toutes les odeurs de la cuisine avaient disparu.

— Non, ça ne l'est pas. J'aurais dû te dire toutes ces choses bien plus tôt, ça t'aurait empêché de croire que ce sont des paroles suscitées par le chagrin.

Henry rapprocha sa chaise, le grattement des pieds contre le linoléum paraissant assourdissant.

— Je t'en prie, il faut me croire. De tous les regrets que j'éprouve, c'est le pire après celui de l'avoir caché à mon père.

Archie bougea alors, réduisant la distance entre eux pour agripper le visage de Henry à deux mains.

— Stop, murmura-t-il. Juste…

— Non… désolé. Je t'aime depuis des années, et tu vas m'écouter.

L'expression d'Archie était un fouillis de sentiments contradictoires. Henry pouvait les décrypter à la perfection : la peur, la colère, l'incompréhension. L'espoir désespéré que Henry lui dise bien la vérité.

— Je t'aime, répéta Henry.

— Tais-toi.

L'instant suivant, Archie l'embrassait comme si c'était leurs derniers instants sur Terre.

ARCHIE NE voulait pas se fâcher. Il voulait tout oublier, sauf la courbe humide de la langue de Henry dans sa bouche et les lignes dures de son corps sous ses mains. Se tortillant dans son siège, il l'attira à lui, secouant la table et bousculant tout ce qui pouvait bloquer leur rapprochement.

Henry s'écarta, posant son front contre la mâchoire d'Archie.

— La chambre ? souffla-t-il, autant à bout de souffle que lui.

— Oui.

Archie repoussa sa chaise et se redressa, entraînant Henry avec lui. Il avait encore à l'esprit son séjour à l'hôpital, le stress des semaines passées ; il le garda contre lui, hanches collées alors qu'ils naviguaient vers la chambre.

Une toute petite part de son cerveau – celle qui était logique – ne cessait de lui rappeler que c'était une mauvaise idée, mais, lorsque son amant s'arrêta juste dans l'encadrement de la porte pour lui effleurer le visage, toutes ses protestations s'évanouirent.

— Je t'aime, laissa-t-il échapper, heureux que la pièce soit sombre, que Henry se contente de rire et de passer ses doigts sur la courbe de son visage.

— Tu l'as déjà dit.

Henry se pencha plus près, chaud et solide dans l'étreinte d'Archie.

— Ça fait un moment.

Archie se sentit idiot de lâcher des paroles telles que celles-ci comme si son filtre s'était complètement évaporé.

— Depuis…

— Depuis la puberté ? rit Henry en baissant la tête.

— Est-ce que ce sont des aveux ?

— Absolument.

La conversation s'acheva une nouvelle fois tandis que ses mains glissaient en bas du dos de Henry, agrippant ses hanches pour l'attirer plus près. Ce dernier lâcha un son doux, puis frotta ses lèvres sur les siennes – une provocation, un petit avant-goût de son désir.

Archie les fit pivoter sans jamais lâcher le corps de Henry. Il repoussa son amant vers le lit.

— Laisse-moi faire, murmura-t-il en ouvrant les boutons de sa chemise.

La faible luminosité provenant de la cuisine laissait Henry dans la pénombre, révélant de petits éclats de sa peau pâle tandis qu'il s'occupait de chaque vêtement. La chemise, puis le jean – chacun tomba au sol jusqu'à ce que Henry se tienne devant lui dans son boxer.

Il laissa échapper un tremblement et Archie ne put savoir s'il était causé par la pénombre de la pièce ou par son désir. Mais la situation secoua ses instincts protecteurs.

— Sous les couvertures.

Il fit glisser son bras autour de sa taille, se délectant du contact de leurs deux corps avant de l'installer sur le lit.

— Seulement si tu viens avec moi, s'entêta Henry, ses mains tirant Archie auprès de lui sur le matelas.

— Je dois me déshabiller.

— Je peux t'aider avec ça.

— Mmmm.

Henry l'interrompit avec un baiser tombé à point nommé, l'attrapant au moment où il se penchait pour attraper le plaid. Ses mains bougèrent rapidement, attrapant le bord de son tee-shirt pour l'aider à le faire passer par-dessus sa tête.

— Trop long, marmonna Henry alors qu'ils se séparaient de nouveau.

Leurs mains travaillèrent de concert pour soulever son tee-shirt. Archie sentit ses mains de plus en plus frénétiques sur l'élastique de son boxer.

Ils se débarrassèrent des derniers vêtements, les jetant sur le sol. C'était un enchevêtrement de membres tandis qu'ils retombaient sur le lit, Henry au-dessus d'Archie.

— Tu m'as manqué, chuchota-t-il en pressant des baisers sur sa mâchoire entre chaque mot.

— J'ai toujours été là.

Archie fit courir ses mains sur son dos, massant chaque muscle ainsi que sa peau.

Ils s'embrassèrent, longuement et profondément, leurs langues plongeant pour explorer, s'entortillant au centre. Henry se frotta contre Archie, agitant leurs corps ensemble dans un but bien précis. Archie se débattit, il voulait bouger, les faire rouler sur le matelas, le...

— Laisse-moi faire, gémit Henry contre sa mâchoire. Juste... laisse-moi faire.

Céder le contrôle n'était pas évident, mais Archie hocha la tête, se pressant contre le matelas alors que Henry bougeait au-dessus de lui. Il s'enfonça dans le lit, subissant les attentions de son amant qui errait au-dessus de son torse avec un seul objectif en tête. Suçant un téton, puis l'autre, mordillant les taches de rousseur sur ses épaules. En grognant, Archie laissa retomber ses mains, attrapant les draps du lit et la couverture sous lui.

Henry bougea encore, ses hanches interrompant leur rythme comme il se rasseyait. Il lécha deux fois sa paume, le bruit humide de sa langue rendant les reins d'Archie douloureux.

— Putain, souffla Henry en prenant leurs deux sexes ensemble dans sa main humide, ondulant d'avant en arrière… lentement. Juste comme ça.

— Oh, mon Dieu.

Archie laissa le doux glissement de leur peau le bercer. Il se laissa aller sous le toucher et le parfum de son ami.

Le lit s'agita sous eux ; la sueur glissait là où leurs corps se touchaient. Henry poussa sur ses genoux, portant chaque coup vers le bas, et Archie hoqueta sous les sensations.

Ils s'embrassèrent.

Archie était tellement pris par les sensations qu'il n'était pas préparé à ce que Henry jouisse en premier, lâchant des filets de sperme tiède sur l'extrémité de son membre. Henry ne s'arrêta jamais, ne rata aucune poussée – le sperme les rendant plus humides et glissantes, et Archie frissonna sous la force de sa propre jouissance quand il le suivit quelques secondes plus tard.

Le bazar ne comptait pas. Essoufflé, Archie l'obligea à s'allonger afin qu'ils puissent rester torse contre torse, leurs bouches s'écrasant l'une contre l'autre dans un baiser torride.

Quand Henry le rompit, il ne s'éloigna guère. Il traça la lèvre inférieure d'Archie avec sa langue, les yeux brillants et concentrés pour la première fois depuis longtemps.

— Combien de temps avant que tu puisses me baiser ? souffla-t-il d'un ton brûlant.

Le sexe d'Archie tressauta tandis qu'il enfonçait une main dans les cheveux de Henry, figé sur place tandis qu'il lui pillait la bouche.

Ce ne serait jamais assez tôt.

XIX

LE MATIN suivant – tard dans la matinée étant donné qu'ils n'étaient pas allés se coucher avant quatre heures du matin, étant retournés à leur repas oublié pour absorber un snack post-coïtal – Henry prépara le petit-déjeuner.

Des flocons d'avoine, du bacon et du thé, mais c'était comestible et ça représentait une véritable réussite.

Archie retira les draps du lit, puis se doucha avant de le rejoindre à table avec les cheveux mouillés et un bas de survêtement.

Henry essaya de ne pas le fixer bêtement.

— Qu'allons-nous faire aujourd'hui ? demanda-t-il à la place en rapprochant légèrement sa chaise de la sienne.

— Kit devrait passer déposer des dossiers ainsi que ton ordinateur portable. Je pense que je ferai une sieste.

Il déposa un baiser sur sa joue avant de lui voler son bacon.

— Tu n'as pas des choses d'espion à faire ?

C'était dit d'un ton léger, mais Archie ne sourit pas.

— Je travaille à te garder en sécurité. C'est tout.

Il avait des devoirs et des examens à passer, cependant il était incapable de penser à autre chose pour le moment. Pas tant que Henry ne serait pas en sécurité.

— Mais si nous pouvions essayer de découvrir qui est impliqué...

Archie hocha la tête.

— Qui a le plus à gagner à ce que tu ne sois ni directeur ni président ?

— Quelqu'un du conseil, définitivement.

— À quel point les connais-tu ?

— Quelques-uns sont là depuis aussi longtemps que mon père et David. D'autres me sont inconnus. Je les connais à peine.

Archie ne dit rien durant plusieurs minutes.

— Peut-être devrions-nous embaucher un détective privé. Quelqu'un qui n'aurait affaire qu'à nous, proposa Henry.

— C'est une bonne idée, en effet.

— Merci d'avoir eu l'air surpris.

Henry reporta son attention sur son petit-déjeuner… et récupéra son bacon.

KIT PASSA quelques heures plus tard avec le travail promis et l'ordinateur portable. Elle prit place dans le salon avec Henry, mais pas avant que ce dernier ne lui offre des explications complètes sur ce que le docteur leur avait appris. Les stéroïdes et la tentative d'empoisonnement.

— Je suis désolé. Je t'ai traité de manière horrible et je m'en excuse, dit-il sincèrement en lui tapotant la main.

Kit relâcha son souffle.

— Waouh. Seigneur… c'est terrible. Est-ce que vous vous sentez mieux maintenant ?

— Bien mieux. Nous pensons que j'ai dû recevoir une dose chaque jour. C'est pourquoi j'étais…

— Un tel connard ? lança Archie depuis la cuisine.

La main sur la bouche, Kit se mit à ricaner.

— Nous devrions plutôt nous remettre au travail, affirma Henry d'une voix forte.

ARCHIE LES laissa travailler quatre heures, leur offrant du thé et des cookies au milieu de leur séance.

Le reste du temps, il resta assis dans la cuisine, gribouillant sur un bout de papier un historique des semaines passées.

Le kidnapping et l'évanouissement de Henry.

Les événements majeurs, les personnes qui se trouvaient à la maison.

Sa liste de suspects comprenait : Carl, le médecin qui traitait tout le monde dans la maison, ainsi que Paul, le chauffeur, quoiqu'avec ce dernier, il y ait peu de chances. Il était là depuis plus longtemps que Hilary et, même si c'était un homme discret, Archie n'avait jamais éprouvé de suspicion à son égard.

— Archie ?

Il leva les yeux : Henry l'observait depuis la porte.

— Comment ça se passe ?

— Nous avons fini pour aujourd'hui, je pense. Kit va retourner au bureau pendant une heure pour faire des copies.

Archie retourna son carnet.

— Et le dîner ?

— Qu'est-ce que tu penses du lit, d'abord ?

Henry lui adressa un petit sourire provocateur.

Le lit était trop petit, mais ils se débrouillèrent ; Archie étreignit Henry, leurs jambes emmêlées tandis qu'il lui faisait doucement l'amour. Il enfonça son visage dans la courbe de son cou, respirant son parfum musqué. À chaque son que Henry émettait, Archie lui mordait l'épaule.

— C'est si bon, murmura-t-il en frottant sa main sur sa poitrine. Je veux faire ça toutes les nuits. Toutes les nuits.

Henry devint frénétique entre ses bras, se poussant contre lui pour obtenir plus – plus d'Archie, plus de sensations, mais ce dernier ne pouvait pas se précipiter. Il ralentit encore le rythme, gardant chaque coup léger jusqu'à ce que son amant commence à le supplier.

— Allez, allez, se plaignit-il.

Archie reprit, puis s'arrêta.

Henry vibrait littéralement. Il serra les fesses autour du sexe d'Archie en guise de riposte.

— Salaud, s'étrangla Archie.

Sa main libre descendit sur la hanche de Henry, le maintenant en place tandis qu'il se remettait à bouger.

HENRY COMMANDA une pizza pendant qu'Archie reprenait une douche.

Il s'assit à table pour l'attendre quand il vit le carnet et le retourna, curieux de voir ce qu'il avait noté tout l'après-midi.

L'historique. La liste.

Son ami tentait de résoudre le puzzle.

Henry s'empara du stylo et traça des boucles par-dessus l'écriture illisible d'Archie.

Le kidnapping.

La lecture du testament.

Le retour de Henry au bureau.

Le départ de Magnus.

La santé de Henry qui commençait à décliner.

L'évanouissement.

Cette liste – Paul, le médecin et Carl – n'avait pas de sens. Paul et le docteur Katz étaient là depuis des années. Carl n'était qu'un gosse dont les références avaient été minutieusement examinées par leur service de sécurité. Quelle vendetta pouvait-il entretenir vis-à-vis de sa famille ?

La sonnette retentit pendant qu'il était en train de prendre des notes.

— J'y vais.

Archie fonça à travers le salon avant que Henry ne puisse atteindre la porte d'entrée.

Ultra-protecteur, songea-t-il.

Mais ça ne le dérangeait pas.

XX

PETIT-DÉJEUNER.

Arrivée de Kit avec du travail.

Déjeuner avec elle.

Dîner.

Sexe.

Télévision.

Sexe.

Cinq jours de cette routine qu'Archie aurait aimé poursuivre à jamais.

Si seulement ça n'était pas été lié à de terribles raisons.

Henry ressemblait enfin à Henry : des yeux brillants et une peau claire, il était de nouveau éveillé et alerte. Le spectre était parti.

La liste le hantait.

Un jour, il écrivit le nom de Libby, puis l'effaça rapidement. Qu'aurait-elle eu à gagner ? Aurait-elle obtenu plus si Henry n'était plus là ?

Le conseil allait se tenir dans deux jours ; si Henry était choisi pour devenir président, est-ce que les choses allaient empirer ?

Le ralentir était une chose.

Est-ce que le tuer était la prochaine étape ?

— Sérieusement, viens, rejoins-nous ! Tu as l'air tout renfrogné là-bas.

Kit traversa la cuisine d'un air désinvolte en direction du frigo.

— Fais comme chez toi, répliqua-t-il d'un ton sec.

— Merci. Mon patron m'a demandé d'aller lui chercher de l'eau et de te dire de le rejoindre dans le salon.

— Oui, m'dame.

Il se releva, retournant de nouveau le calepin.

Dans le salon, Henry était assis sur une chaise au dossier droit, tapant sur son ordinateur portable et travaillant aussi vite qu'il le pouvait avant qu'Archie ne l'oblige à faire une pause. Par principe, il s'était battu contre les durées autorisées sur l'écran, mais il ne pouvait nier que les effets de la commotion s'attardaient toujours. Ses sourcils étaient froncés tandis qu'il scannait le document.

— Tu as sonné ?

Henry leva les yeux, surpris, mais son visage se fendit rapidement d'un sourire.

Archie essaya de ne pas rougir.

— Je me sentais mal à te reléguer dans la cuisine. Pourquoi tu ne regardes pas la télévision ou autre chose ?

— Je ne veux pas vous déranger. Et tu sais que tu n'es pas censé regarder la télé. Ordres du médecin.

Kit revint avec deux bouteilles d'eau et une boîte de crackers au fromage. Elle se laissa tomber sur le canapé.

— Lis un magazine.

L'expression de Henry devint implorante.

— Allons…

Archie prétendit céder.

— Très bien. Je vais lire un magazine sur le tricot et me délecter de tes lumières professionnelles.

— Ha ! Observe. Quand tu commenceras à travailler dans le monde de la finance internationale, tu comprendras. C'est tout le côté glamour que tu vois là.

Kit jouait avec le bouchon de sa bouteille.

Archie s'installa sur le canapé à l'extrémité opposée, magazine en main. Il évita de regarder Henry et posa ses pieds sur une ottomane.

— Tu fais une enseigne très convaincante.

Ils s'installèrent ensuite dans un silence relatif. Kit sur son portable, Henry penché au-dessus d'elle pour échanger occasionnellement idées ou commentaires. Archie lut des articles sur le perfectionnement du tricotage de chaussettes, puis s'assoupit quelque temps plus tard.

Il rêva de chaussettes.

Puis, il rêva du kidnapping.

— Archie ! Réveille-toi !

Henry était en train de le secouer, l'arrachant à ce moment terrifiant où il se trouvait sur le sol après s'être éveillé seul.

Il se rassit en sursaut, clignant des yeux pour chasser les souvenirs de sa mémoire.

— Ça va, tout va bien.

Il plongea dans le regard de Henry et prit une grande inspiration.

— Ouais. Désolé.

Henry ne lui demanda pas de quoi il avait rêvé ; il n'en avait pas besoin au vu de son expression.

— Où est Kit ?

— Elle est partie il y a environ vingt minutes. J'ai commandé de la nourriture turque pour le dîner.

Henry caressa le front d'Archie.

— Tu veux aller te laver ?

Archie ne put s'empêcher de sourire.

— Tu deviens doué en corvées ménagères.

— J'ai tout appris de ta mère, la meilleure de toutes.

— Tu devrais le lui dire ; elle adorerait ça.

Archie l'attira sur le canapé.

— Est-ce que tu crois…

Henry s'interrompit avant de reprendre.

— Est-ce que tu crois qu'elle serait heureuse si elle était au courant, pour nous ?

Nous. Ça sonnait de façon exquise.

— Elle exploserait de joie, affirma Archie, enroulant son bras autour des épaules de son ami. Puis on se retrouverait dans les problèmes pour ne pas le lui avoir dit avant.

Henry resta silencieux quelques minutes après ça, frottant sa paume sur le genou d'Archie.

— Je me demande ce qui se serait passé si j'en avais parlé à mon père.

— Il t'aurait sûrement surpris.

Archie remua et posa sa tête sur son épaule.

— Tu ne le sauras jamais.

— Non, accorda Henry. Je ne le saurai jamais.

LES PROPOSITIONS finales furent transmises à tous les membres du conseil. Ils allaient préparer leurs affaires dès le lendemain et le destin de Henry serait enfin fixé. Les avocats avaient préparé les documents pour contester le testament si le vote lui était défavorable ; c'était un plan à appliquer en dernier ressort. Contester le testament signifierait qu'un contrôle serait placé sur les autres legs, et il ne voulait faire souffrir personne.

En début d'après-midi, ils se retrouvèrent seuls. Henry renvoya Kit à la maison pour une pause bien méritée. Il voulait quelques minutes seul avec Archie pour profiter du calme avant d'être renvoyé dans des eaux tumultueuses.

— C'est comme si les choses étaient suspendues au-dessus de nos têtes. J'ai l'impression de ne pouvoir faire aucun projet, confessa Henry alors qu'ils étaient tous deux allongés dans le lit, Archie couché contre lui sous le plaid. Et j'en suis navré.

— Je comprends. Beaucoup de choses sont hors de contrôle.

— Elles n'étaient pas hors de contrôle avant, Archie ; tu peux arrêter de me défendre.

Il tourna la tête pour le regarder dans les yeux.

— Ce n'est pas nécessaire, pas à ce sujet en tout cas.

— Bien. Alors, tu n'as rien fait ; tu n'as pas suffisamment insisté. À présent, nous devons en quelque sorte gérer les événements comme ils se présentent.

— Mais ensemble. Nous devons les gérer ensemble.

C'était la chose la plus importante en ce qui concernait Henry. Il refusait de sacrifier la présence d'Archie dans sa vie.

— OK.

Le manque de certitude dans leurs deux voix s'attarda dans l'obscurité.

— Je t'aime, répéta Henry, comme si le dire encore et encore allait tout remettre en ordre.

XXI

HENRY S'ASSIT à sa place habituelle autour de la gigantesque table qu'ils utilisaient pour les réunions du conseil, avec presque vingt minutes d'avance. Il effleura le portfolio en cuir devant lui, puis réarrangea la position de son verre d'eau et de son stylo. Le soleil entrait à flots par les baies vitrées, lui réchauffant le visage.

Il avait l'esprit clair et se sentait en bonne santé pour la première fois depuis des semaines.

Il était sûr des résultats qu'il souhaitait que cette journée lui apporte.

— Tu es en avance, dit une voix derrière lui.

Henry se retourna pour trouver David debout dans l'encadrement de la porte, une expression légèrement désapprobatrice sur le visage.

— Ai-je l'air trop empressé ? demanda-t-il en riant.

— Oui.

C'était clairement de la désapprobation.

David prit place directement en face de Henry, installant sa mallette sur le sol à ses pieds.

— J'ai parlé de façon informelle à certains membres du conseil, Henry. Ça va être très serré.

Le ton froid de son parrain inquiéta légèrement Henry, mais il se contenta de sourire.

— Ça n'a pas besoin d'être une victoire écrasante, j'ai juste besoin de la majorité.

— Hmmm.

La conversation s'acheva et Henry fixa la table en verre. David ne pensait pas qu'il allait obtenir suffisamment de votes pour être élu. C'était dur à encaisser, mais, dans le passé, il avait survécu au manque de confiance de son père. Il pouvait gérer David.

La pièce se remplit peu à peu des membres du conseil, quelques-uns saluèrent Henry chaleureusement, d'autres gardèrent leurs distances. Il avait droit à un signe de tête bref – clairement amical ou distant, ou impossible à déchiffrer.

Ce serait serré.

— Bonjour à tous.

Monsieur Harvey se dirigea vers l'extrémité de la table, véritable père Noël enjoué et sans barbe. Mais, au lieu de lui tendre un bonbon, il tenait un dossier avec un récapitulatif des votes.

Et le futur de WalkCom.

Henry expira, mais continua à garder son calme vis-à-vis des résultats. Ils devaient voir sa confiance en lui.

Il consulta sa montre.

Prit une gorgée d'eau.

Monsieur Harvey fit un discours rapide sur les protocoles, puis ouvrit sa mallette avec une série de petits clics.

— Après avoir totalisé les votes incluant les procurations, le directeur et président de WalkCom sera…

La pause fut dramatique. Henry observa un minuscule rayon de soleil qui frappait la fenêtre au-dessus de la tête de David.

—… Henry Walker.

La pièce explosa sous les applaudissements et tout son corps fut secoué de joie. Il s'était redressé avant même de s'en rendre compte, la main serrée vigoureusement par M. Harvey.

Rapidement, il fut entouré par le conseil. Il voulait connaître les votes, voulait savoir combien parmi les tapes dans le dos de félicitations et les poignées de main qu'il recevait étaient authentiques, et combien étaient produites par la déception ravalée par les lèche-bottes.

— Nous savions que vous pouviez le faire, lui dit quelqu'un.

— Votre père serait ravi, l'interpella Xander Pense, surprenant Henry en arborant un sourire froid.

— C'est un honneur, fit écho un troisième.

Henry se contenta de hocher la tête et de tout accepter avec grâce, une détermination froide dans le regard.

Quand la foule se sépara, car un assistant fit rouler un chariot de champagne dans la pièce, Henry nota l'absence de David.

ARCHIE ATTENDAIT dans le bureau de la direction avec Kit pendant que la réunion du conseil se poursuivait. Ils ne cherchaient même pas à entretenir la conversation – ils étaient bien trop tendus pour ça.

Quand le téléphone sonna, Kit faillit tomber de son siège. Elle pressa le bouton du haut-parleur.

— Shelby ?

L'assistante chuchotait dans le combiné.

— Je viens juste de leur apporter du champagne. Henry a été élu.

Kit lâcha un cri sauvage.

— Oh ! Mon Dieu, je dois y aller.

Shelby raccrocha aussitôt tandis que Kit tournoyait sur son siège.

— Mon patron est le patron de tout le monde ! dit-elle gaiement, en adressant à Archie un sourire excité. Le tien également.

— Ouais, il l'est.

Archie tentait de faire le tri parmi ses émotions. Il était si fier de Henry – si fier qu'il ait convaincu le conseil qu'il était la personne qu'il fallait pour ce poste. Mais il se sentait mélancolique, car le Henry qu'il connaissait, et aimait, était parti à présent. Tous ces merveilleux projets d'avenir bâtis dans un coin de l'appartement de sa mère n'étaient que des rêves. La réalité était différente, comme elle l'avait toujours été. Henry allait être avalé par son travail et une vie qui ne leur permettraient jamais d'être ensemble.

— J'espère qu'on aura tous les deux droit à une promotion.

— Oh là...

— Quoi ? C'est trop tôt ?

Kit se mit à pouffer et fit encore un tour sur sa chaise.

— OK, je vais aller retrouver Henry dans cette foule de fanfarons et voir ce que nous devons faire ensuite. Et toi ?

— Hum... Techniquement, je ne suis plus en service. Je voulais juste connaître le résultat des votes.

Il consulta sa montre.

— Je pense que je vais rentrer à mon appartement...

Il fut interrompu par la sonnerie du téléphone de Kit. Sa ligne privée.

— Allô ? Henry ! Félicitations ! Est-ce que je peux avoir un chiot, maintenant ? demanda Kit avec enthousiasme avant d'éclater de rire à ce que son patron lui répondit. OK, génial. Je vais lui dire.

Elle posa sa main sur le combiné et se tourna vers Archie.

— Il va prendre la limousine avec David, mais il demande si tu peux me reconduire.

— Oh. OK.

Il tenta de se montrer froid.

— Pas de problème.

— Il dit que oui. Voulez-vous que je rappelle plus tard ? Pour la nourriture ? Le champagne ?

Elle attrapa un crayon et commença à prendre des notes.

— Hum… Hum…

Archie se releva pour s'étirer le dos et les jambes. Il commença à marcher en cercle autour de l'espace de la réception. Les choses étaient tellement différentes, maintenant. Maria et son bureau étaient partis. Kit avait réarrangé l'espace – elle s'était même débarrassée des lourds rideaux. C'était léger et accueillant, à présent.

Kit raccrocha.

— Un appel de plus et nous pourrons y aller. Il m'a accordé le reste de la journée pour célébrer ça. Waouh !

— Qu'est-ce que je peux faire ?

Archie se mit à rire face à son enthousiasme.

— Je suis supposée te demander de dire à ta mère de préparer des scones aux pommes si elle est d'accord.

Archie sortait déjà son portable.

— Fait.

Ils s'occupèrent des préparatifs pour le triomphant retour de Henry à la maison.

DAVID L'ATTENDAIT dans le hall d'entrée, le dos droit et sa mallette à la main. Henry sortit de l'ascenseur et se dirigea vers son parrain, le regard dur.

— Tu nous as manqué pendant les festivités, lui reprocha-t-il froidement.

David s'épongea le front avec un mouchoir.

— Nous allons avoir beaucoup de temps pour déboucher le champagne à la maison. J'ai un appel important à passer.

Il jeta un regard à Henry, un léger sourire embellissant son visage.

— Félicitations. Tu as réussi.

— Oui, c'est le cas.

Il repéra la limousine près du trottoir.

— Voilà notre voiture…

— Ce n'est pas Archie qui nous conduit ? demanda David en suivant Henry à travers les portes de l'entrée, puis en saluant le portier au passage.

— Il a un jour de repos. J'ai demandé à Paul de le faire.

En vérité, Henry ne voulait pas que David et Archie se retrouvent confinés dans le même espace ; il était clair que les deux hommes n'étaient pas près de s'entendre.

Ce qui balançait les plans de Henry à l'eau, pour le coup.

Il avait réfléchi à un moyen de rétablir les choses entre Archie et lui, à part les vacances durant lesquelles ils pourraient enfin s'éloigner. Que pouvait-il faire pour assurer leur avenir ?

L'idée lui était venue tandis qu'il sirotait du champagne dans la pièce lumineuse.

C'était une telle idée qu'il ne voulait pas attendre d'être arrivé. Il voulait appeler Archie à cet instant et lui dire aussitôt. Mais, non… Non, car il n'y aurait plus de surprise.

Le trajet jusqu'au domaine se fit dans un silence absolu. Henry consulta son téléphone, faisant défiler les messages de félicitations, les textos et les requêtes transmises par le service de la publicité pour les demandes de la presse. Tous reçurent un « Lundi » en guise de réponse.

Il parlerait à tout le monde lundi.

Le dernier message était d'Archie.

Des scones, vraiment ?

Henry ravala un sourire.

Je partagerai avec toi. Promis.

La réponse fut rapide.

Félicitations. Tu le mérites.

Ses doigts le démangeaient. Henry prit une grande inspiration, puis il commença à taper.

Je t'aime. On fêtera les choses dignement quand tout le monde sera parti.

Il lui fallut deux fois plus de temps pour obtenir une réponse, et chaque minute écoulée le rendit plus anxieux. Trop ? Pas assez ?

Je t'aime aussi.

Souriant, Henry se renversa dans le siège et regarda le paysage défiler.

Il arriva à la maison pour y trouver une fête débordante de joie, loin du champagne et des platitudes échangées dans la salle du conseil. Des banderoles avaient été hâtivement épinglées au-dessus des têtes, dans la salle à manger, une découverte qui le fit éclater de rire en pénétrant à l'intérieur.

Personne ne s'attendait à trouver un bouquet de ballons accroché à un buffet du dix-septième siècle.

Il y avait de la nourriture en quantité et des scones à la pomme brûlants sur un plat à gâteau au centre de la table. Henry sentit son cœur se gonfler d'amour.

Libby le serra joyeusement contre elle. Evelyn lui pinça la joue. Kit mentionna encore le chiot, ce qui le fit riposter avec ferveur et il reçut un câlin en retour.

Tant pis pour les relations formelles entre un patron et son assistante.

Archie se tenait dans un coin de la pièce, presque timidement, jusqu'à ce que Henry ne puisse plus attendre. Il se dirigea vers lui, main tendue, et l'étincelle dans le regard d'Archie fut adorable.

— Félicitations, môôssieur.

Il utilisa son vieil accent théâtral, pour le plus grand plaisir de Henry.

— Je pense qu'on devrait te trouver l'un de ces vieux costumes de chauffeur très officiels. Avec un petit chapeau.

— Pervers, murmura Archie dans un souffle tandis qu'ils se serraient vigoureusement la main.

— Viens manger. Je t'ai promis de partager mes scones avec toi.

Chacun apprécia le repas et le champagne, sauf David, qui quitta trois fois la pièce pour répondre à des appels. Quand il revint la troisième fois, il souriait légèrement, mais il attrapa quand même un verre de bulles sur le buffet. Il se plaça ensuite en bout de table, les yeux brillants.

184

— À Henry, pour avoir vaincu les cœurs sombres du conseil et repris sa vraie place au sein de WalkCom. Longue vie au roi.

Il y eut des applaudissements polis, puis les verres furent levés, tous solidaires de Henry. Et ces gens, réalisa-t-il en entrechoquant son verre avec ceux des autres, étaient sa famille. Ceux en qui il avait confiance, qu'il voulait près de lui dans les bons comme les mauvais moments. Son regard accrocha celui d'Archie. Soudain, il ne put attendre davantage.

— Merci, David.

Il se redressa et prit une grande inspiration.

— Je n'aurais pu y parvenir sans ton aide. Sans l'aide d'aucun d'entre vous. Alors merci, du plus profond de mon cœur.

Il relâcha un souffle nerveux.

— J'ai quelques annonces à vous faire. Je, euh… Je voulais dire que c'est un immense plaisir que d'annoncer mon premier acte officiel en tant que président. Laissez-moi vous présenter notre nouveau vice-président au département des opérations d'outre-mer : Archie Banks.

Chacun se tourna vers Archie, totalement surpris – ce qui devint très vite une manifestation de joie tandis que ce dernier était rapidement entouré de supporteurs. Evelyn pleurait, plus fière que n'importe qui.

Henry avait envie de se taper dans le dos pour se congratuler.

— Décision intéressante, s'éleva une voix rauque à ses côtés.

David se tenait près de son coude.

— Penses-tu que ce soit sage ?

— Oui.

Henry visa sa coupe de champagne.

— Il est intelligent, bien éduqué, il travaille pour la famille depuis des années.

Il lança à David un regard direct.

— J'ai besoin de m'entourer de gens en qui je puisse avoir confiance, David. Je suis sûr que tu le comprends.

Imperturbables, ils s'affrontèrent du regard sans ciller, menant une lutte brève avant que David ne baisse la tête.

— Bien sûr que je comprends.

Il jeta un œil à sa montre.

— Je dois rentrer. Rebecca m'attend.

— Je vais demander à Paul de te ramener.

185

ARCHIE ACCEPTA chaque félicitation et chaque étreinte avec un sourire collé à la figure.

Vice-président ?

Un simple travail dans le service lui aurait probablement déjà déplu, mais propulsé de la sorte ? C'était un geste de favoritisme. Une décision qui ne pourrait amener qu'un dédain immédiat sur lui de la part de chaque employé, exceptée Kit.

Merde.

Pourtant, il laissa pleurer sa mère et il accepta l'accolade amicale de Libby. C'était plus simple d'agir ainsi pour le moment.

Il devait parler à Henry.

— Bonne soirée à tous. Je dois partir, annonça David.

Il jeta un regard à Archie. Ce dernier s'arrangea pour ne pas lever les yeux au ciel.

Libby proposa de le raccompagner, hôtesse jusqu'au bout.

—Qui veut autre chose ? Sommes-nous prêts à passer à la suite ? demanda Evelyn en se tenant là et en examinant ce qui restait sur la table. Plus de sucré, peut-être ?

Henry s'installa dans un siège, un sourire immense et brillant sur le visage.

— Je ne peux pas refuser.

Ils mangèrent tous encore un peu, les conversations devinrent plus tranquilles, de l'ordre du bavardage, tandis que le stress des semaines précédentes les poussait tous à chercher une accalmie. Archie ne cessait de quêter le regard de Henry, sans succès.

Kit laissa entendre qu'elle devait attraper un train pour retourner en ville avant qu'il ne soit trop tard.

— Je vais te reconduire à la gare.

Archie pivota sur son siège. Il devait parler à Henry avant que sa tête n'explose.

Finalement, il ne pouvait plus attendre.

— Henry ? Puis-je te parler seul à seul ? demanda-t-il d'un ton léger, restant résolument debout pour qu'il comprenne l'urgence de la situation.

Libby et Henry étaient profondément engagés dans une conversation ; ils levèrent les yeux avec surprise quand Archie s'exprima.

— Bien sûr.

Au diable si son amant n'était pas quasiment en train de rayonner de chaleur et de joie.

Il détestait devoir faire ça.

XXII

DE TOUTES les choses que Henry avait imaginées après que la porte de la cuisine se fut refermée sur lui, « Putain, mais qu'est-ce que ça signifie ? » n'était pas celle à laquelle il s'attendait.

Il pivota pour faire face à Archie.

— De quoi parles-tu ? J'ai rendu les choses officielles. Ton arrivée dans l'équipe de WalkCom.

Le visage d'Archie ne bougea pas. Il avait toujours l'air en colère.

— Tu ne m'as rien demandé.

— Je voulais que ce soit une surprise !

Sa frustration se mit à grimper. N'était-il pas en train d'expliquer les choses correctement ?

— Toi et moi. Qu'on travaille ensemble. Et que nous n'ayons plus à nous cacher…

— Mais nous dissimulerons toujours notre relation, l'interrompit Archie en avançant pour se tenir à quelques pas de lui.

Il fallut à Henry quelque temps pour répondre.

— Pour l'instant. Juste pour l'instant, dit-il rapidement, mains levées devant lui pour tenter de juguler la marée de protestations. Jusqu'à ce que les choses reviennent à la normale.

Archie secoua la tête ; la colère se transformait rapidement en tristesse, et le cœur de Henry s'effondra.

— Bientôt, je te le promets, ajouta-t-il doucement en tendant la main pour lui effleurer le bras. Très bientôt. Tu signifies tellement à mes yeux, et je te jure que ça va se solutionner.

— Pas si tu prends les décisions pour nous deux, Henry. Et pas si nous revenons à nos anciennes habitudes. Aux mêmes règles stupides.

Il avait l'air résigné, et c'était pire que tout.

— Très bien. J'annule mon offre. Tu es de nouveau viré.

Il tenta l'humour, mais ses paroles tombèrent à plat.

— Nous… Nous allons trouver une solution.

Archie hocha la tête, retenant visiblement les mots qu'il voulait prononcer.

— Je vais conduire Kit à la gare.

— Paul peut le faire.

Archie haussa les épaules.

— Ça ne me dérange pas.

Ils se tinrent là, en silence, le tic-tac rassurant de l'horloge constituant le seul bruit autour d'eux. Au final, Archie se secoua. Il se pencha pour déposer un baiser sur la bouche de Henry, un doux au revoir, cependant ce dernier avait d'autres idées. Il enroula ses bras autour de son cou et l'attira plus près, approfondissant le baiser jusqu'à ce que des tâches se forment derrière ses paupières à cause du manque d'oxygène.

Quand Archie rompit le baiser, un petit sourire étirait les coins de ses lèvres.

— Tricheur.

— Dépêche-toi. Je veux négocier ton nouveau poste, dit Henry, effronté et à bout de souffle, tandis qu'il touchait sa bouche de ses doigts.

— Ça m'a l'air plutôt pervers.

— Pense plutôt « obscène ».

Archie étira le bras pour lui donner une fessée avant de sortir du cercle de leur étreinte.

— Tu ne peux pas me distraire avec le sexe.

— En fait, si. Je le peux. Et quand tu seras à demi endormi et malléable, je te convaincrai d'accepter le job, lança-t-il malicieusement.

Avec un froncement de sourcils, presque taquin, Archie pivota et se dirigea vers la sortie.

Henry soupira. La dispute avait été évitée. Ou du moins, repoussée.

Quand il pénétra de nouveau dans la salle à manger, tout le monde était parti. Il suivit les voix jusqu'à la cuisine où Kit était en train de dire au revoir à Evelyn et Hilary.

— Tout va bien ? demanda-t-elle en le voyant arriver.

— Très bien. Où est Archie ?

— Parti chercher la voiture.

— Madame Walker est montée se coucher, dit Hilary. Et je vais faire de même à moins que vous n'ayez besoin de quoi que ce soit.

— Non, je fermerai une fois qu'Archie sera revenu.

Evelyn lui tapota l'épaule et il se pencha pour l'embrasser sur la joue.

— Très bien.

— Allons, Evelyn. Allons regarder un film, l'amadoua Hilary.

— Hmmmpf, dit-elle, mais elle attrapa sa canne et leur souhaita bonne nuit.

Elle et Hilary s'éloignèrent en direction de l'aile des employés. Le klaxon à l'extérieur les fit rire.

— Dis-lui qu'il s'oublie et que les gens civilisés n'appuient pas sur l'avertisseur comme ça.

— Est-ce que je dois juste vous tendre mon doigt en réponse ou le laisser le faire quand il reviendra à la maison ? interrogea Kit sèchement.

Henry ouvrit la porte et la poussa dehors. Il résista au besoin de faire signe à Archie, assis derrière le volant de la BMW.

Quand il se tourna de nouveau pour rentrer, il aperçut quelque chose du coin de l'œil.

David.

— Je pensais que tu étais parti, dit-il, surpris.

Il referma la porte derrière lui.

— Je suis revenu.

David semblait plus débraillé que lorsqu'il était parti un peu plus tôt. Sa cravate avait disparu, sa veste était froissée, ses cheveux blancs comme neige étaient ébouriffés comme s'il avait passé et repassé ses mains dedans.

— Nous devons parler.

— Oh. Très bien. Allons dans le bureau.

— Non.

Henry s'arrêta aussitôt. Le ton de son parrain était étrange.

— Où, alors ?

— Allons nous balader.

Ils passèrent par la porte de la cuisine, Henry suivant David qui semblait se déplacer avec un but précis.

Le crépuscule s'étendait sur le paysage qui se découpait ; de légers bruits de criquets résonnaient à l'arrière. C'était une étrange reconstitution de la nuit qui avait eu lieu avant que tout ne change – lorsqu'il s'était faufilé à l'extérieur pour retrouver Archie dans le bungalow près de la piscine.

Il fut rattrapé par les souvenirs, mais vit quand même arriver le geste de David et évita le coup lancé dans sa direction. Il sortit du chemin, agissant instinctivement pour se protéger.

— Putain, mais qu... ?

190

Il se figea tandis que David passait d'un simple vieil homme aux cheveux ébouriffés à un agresseur furieux.

— Pourquoi fais-tu ça ? cracha David.

— Faire quoi ? demanda Henry.

David allait et venait le long du sentier qui menait aux grilles.

— Te montrer aussi entêté. Tu étais supposé laisser le conseil voter, les laisser voter contre toi.

Henry recula, tentant de rassembler les pièces du puzzle malgré les paroles de son parrain.

— Tu m'as dit de me battre. Tu m'as dit que c'était ce que mon père aurait voulu.

— Sérieusement ? Tu vas me faire croire que tu as du cran aujourd'hui ? Ce n'était pas le plan, Henry.

Le silence retomba.

— Le plan ?

— Quand il a changé le testament, j'ai su que je devais faire quelque chose.

Le monde de Henry sombra de nouveau.

— C'est toi qui...

David s'immobilisa et lui lança un regard amer.

— Oui, c'est moi.

Ce fut presque trop et Henry sentit quelque chose le titiller au fond de la gorge. La personne à laquelle son père avait fait confiance et qu'il avait aimée toute sa vie. Son plus proche ami.

— Le kidnapping ?

Sa voix était étouffée.

Les mots le firent légèrement pâlir ; il secoua la tête en respirant lourdement.

— Ce n'était pas censé se produire. Ils ont pris l'argent, mais... ils ont complètement dévié du plan d'origine. Tu n'étais pas censé être blessé. Personne ne l'était.

— Tu as tué mon père.

Les mots tombèrent entre eux dans un vacarme sourd. David regarda au loin, le dos arrondi.

— Non. Non. Ce n'était pas le plan. Il était juste supposé penser qu'Archie...

Une peur glacée descendit sur Henry.

191

— Ils étaient supposés croire qu'Archie avait commandité le kidnapping. Alors, mon père aurait… quoi ? Il l'aurait sorti du testament ?

Qu'est-ce que cette somme d'argent ridicule pouvait bien représenter pour David, qui possédait des millions ?

— Non, il s'en serait débarrassé. Il l'aurait éloigné de toi.

Les yeux de David se plissèrent.

— Ça t'aurait laissé seul, sans repères. Et ça lui aurait fait modifier ses volontés : il m'aurait nommé PDG.

Comme Henry ne répondait rien, David reprit ses allées et venues.

— Il voulait que tu aies le choix. Il voulait que tu sois capable de t'éloigner de la société.

Il s'immobilisa en le fixant d'un air spéculatif.

— Tu le pourrais encore.

— Pourquoi voudrais-je faire ça ? Et à côté de ça… tu vas mourir en prison, espèce de fils de pute, cracha Henry. Il n'y a aucun moyen que tu obtiennes quoi que ce soit, à présent.

— Allons, Henry… Prends l'argent et ton amant et sauve-toi.

Les poings d'Henry se serrèrent.

— Il le savait, Henry… Il savait que tu te faisais baiser par le chauffeur. Il voulait juste que tu sois capable de partir. Alors, il n'aurait plus eu à s'inquiéter que ton petit cul de tapette conduise son empire à la ruine.

ARCHIE TROUVA le trajet jusqu'à la gare relaxant, même si Kit ne cessa de babiller à propos de ce qui se passait au bureau.

— Lucy Galvins a démissionné, annonça-t-elle comme il parcourait le parking à la recherche d'une place.

— L'assistante de David ?

Il se souvenait d'une femme pâle qui portait toujours des talons ridiculement hauts.

— Ouais. Apparemment, il lui a fait tout un tas de promesses l'année dernière et il n'a pas tenu parole.

Archie gara la voiture dans le coin le plus éloigné.

— L'année dernière ?

— Il lui a dit qu'il deviendrait le PDG, un jour.

Elle leva les yeux au ciel.

— Que ça signifierait qu'il faudrait qu'elle travaille deux fois plus, mais qu'il y aurait un bon salaire à la clé.

Il éteignit les phares et déverrouilla les portières.

— Pourquoi a-t-il dit ça ? Même s'il était au courant pour les changements du testament, il n'avait aucune raison de croire que le conseil ne choisirait pas Henry.

Kit haussa les épaules.

— Aucune idée, mais elle était furieuse quand je l'ai vue. Elle a dit quelque chose à propos de lui intenter un procès et, je cite, « pire que ça, même ».

Sa voix retomba et elle chuchota d'un ton de conspiratrice :

— Je pense qu'il se la tapait.

— Arrête. Trop d'informations. C'est quelque chose que je ne veux même pas imaginer.

Il mit les clés dans sa poche.

— Allez. Si tu rates ton train, je ne te raccompagnerai pas jusqu'en ville.

— Mmm, oui, je sais. Tu dois retourner auprès de Henry.

Elle éclata de rire quand il se figea.

Quand elle reconnut l'expression sur son visage, elle rit encore plus fort.

— Sérieusement… tu as cru que personne ne savait ?

— Ne savait quoi ? On est juste amis, souffla-t-il d'une voix rauque.

Mais il n'avait pas l'air d'y croire lui-même.

— Oui, bien sûr… Des amis avec « bénéfices ».

Elle ouvrit la portière en lâchant un grand ricanement.

— Les gens sont au courant ?

Il trébucha hors de la voiture.

— Oui. Enfin… pas tout le monde, mais certains le savent. Je suis au courant. Hilary aussi. Ta mère est totalement au courant.

Elle claqua la portière et rejeta son sac à main par-dessus son épaule.

— Libby le sait. Et bon sang, même le susmentionné David Silver le sait aussi.

Elle rit.

Archie s'immobilisa et se tourna vers elle.

— Putain, mais comment David peut-il le savoir ?

Kit haussa les épaules.

— Lucy a dit qu'il ne cessait de râler depuis des mois. Sur la manière dont vous… enfin, tu sais… flirtiez.

— Je n'ai jamais entendu de commérages là-dessus.

— Parce qu'il n'y en avait pas. Lucy m'en a parlé et je lui ai dit que c'était un tas de conneries. Ça n'a pas été plus loin.

Elle poursuivit son chemin vers le quai.

— J'ai essayé de vous protéger des rumeurs, tous les deux.

— Merci, répondit-il automatiquement en la suivant, insensible jusqu'au bout des doigts. David n'a jamais rien dit à Henry.

— Pourquoi l'aurait-il fait ? C'est sa vie privée.

Un souvenir ne cessait de le tracasser : le jour de la lecture du testament et la réaction de David au legs qui lui avait été fait. Il avait paru ennuyé, mais le comportement qu'il avait ensuite affiché à propos de la clause concernant Henry avait balayé ses soupçons.

À présent, ça l'interpellait.

Pourquoi David Silver s'intéressait-il aux quelques dollars que Norman avait jetés dans sa direction ?

LE CŒUR de Henry battait trois fois trop vite tandis que les paroles de David faisaient leur chemin.

Son père voulait donc lui offrir l'opportunité de quitter WalkCom ? Pourquoi aurait-il fait ça ? Pensait-il réellement que son fils n'était pas capable de gérer la société ?

Si c'était vrai, une petite voix ne cessait de lui demander pour quelles raisons il n'avait pas laissé le testament en l'état. Et mis David à sa place.

De cette manière, il n'aurait rien laissé au hasard.

Et pourquoi donner cet argent à Archie ? Ça n'avait aucun sens.

— Pourquoi penses-tu qu'il était si dur avec toi, Henry ? Il savait ! Il savait que tu ne pourrais jamais y arriver.

David poussa encore un peu, une note de désespoir dans la voix.

Henry recula encore.

Norman ne faisait pas dans la subtilité. Il ne fabriquait pas de drames.

Si vous le connaissiez, vous pouviez interpréter ses actions.

— Il était dur avec moi parce qu'il voulait que je sois le meilleur, dit lentement Henry d'un ton délibéré. Il voulait me voir saisir chaque opportunité sur cette terre.

Même celle de pouvoir fuir.

— S'il me pensait incapable de gérer l'entreprise, il l'aurait dit. Il te… l'aurait offerte.

Il y eut un souffle bas, mais Henry ne tressaillit même pas.

— Il n'a pas fait ça.

Le corps tout entier de David se mit à convulser de rage.

— Il m'a donné la chance de me battre pour elle. Et j'ai gagné. En dépit de tes interférences.

En dépit des stéroïdes. Des conflits internes durant la réunion du conseil.

— Il était au courant pour Archie et moi, et il…

Une boule entrava ses mots.

— Il voulait quand même qu'Archie obtienne un bon travail ; qu'il soit libéré de ses dettes. Il voulait lui offrir un nouveau départ dans la vie.

Pour qu'il puisse être son propre patron. Le partenaire de Henry et plus seulement son employé.

Cette découverte – qu'il l'ait imaginée dans l'espoir de traverser cette horrible épreuve ou que ce soit un décryptage réel des intentions de son père – lui coupa le souffle. Il vit David devant lui, tendu, qui vibrait littéralement de colère, et il réalisa qu'il n'était plus une menace. Plus maintenant. Qu'il ne l'avait même jamais été. Archie l'avait sauvé deux fois. À présent, Henry pouvait se sauver tout seul.

— Je vais appeler la police, dit-il doucement.

Il pivota sur ses talons, concentré sur la porte arrière.

— Non, Henry. Tu ne le feras pas.

Le cerveau d'Archie ronronnait et s'échauffait pendant qu'il conduisait jusqu'à la maison. Kit était partie dans le train de 20:15 pour Manhattan et il avait juste envie de rentrer et de parler à Henry.

Quelque chose lui échappait. Quelque chose qui titillait sa mémoire.

L'agent du FBI, dans le couloir, après l'évanouissement de Henry.

Avoir quelqu'un à l'intérieur et recevoir un bon financement n'est pas forcément synonyme de résultat. Ou peut-être que l'argent n'était pas ce qu'ils recherchaient.

David Silver voulait le poste de PDG – il espérait ce poste. Il était au courant des modifications du testament et cela ne lui faisait pas plaisir.

Les kidnappeurs ne l'avaient pas touché.

Ils avaient battu Henry.

Et tiré sur Archie.

Ils avaient même bousculé Norman.

Mais ils n'avaient pas réclamé d'argent.

Ils s'étaient cachés là où ils pouvaient facilement être retrouvés.

— Appelle « portable de Henry », lança Archie d'un ton fort tandis que le système électronique de la voiture déclenchait des lumières sur le tableau de bord.

Il écouta la sonnerie retentir dans le vide et tomba sur sa boîte vocale.

— Fin de l'appel. Appelle « gouvernante de la maison des Walker ».

C'était la ligne de Hilary. La communication serait transmise de la cuisine à sa chambre en dehors de ses heures de travail.

Quatre sonneries et Hilary décrocha. Il pouvait entendre le vacarme de la télévision en arrière-plan.

— Résidence Walker, dit-elle vivement.

— Hilary ? C'est Archie.

— Une seconde.

Le volume de la télé fut baissé.

— Désolée pour ça. Evelyn et moi sommes en train de regarder un film. Tout va bien ?

— Pouvez-vous trouver Henry pour moi ? C'est important.

Il écrasa l'accélérateur en approchant du tronçon de route qui menait à la maison.

— Bien sûr. Une seconde.

Le téléphone émit un bruit quand elle le reposa ; il écouta les murmures de sa conversation avec sa mère, puis une porte s'ouvrit et se referma.

— Archie ? Qu'est-ce qui ne va pas ?

Evelyn avait récupéré le combiné.

— Rien, maman, mentit-il, pas du tout surpris par le son qu'elle émit à l'autre bout de la ligne. J'ai juste besoin de parler à Henry.

— Hilary est partie le chercher.

— Maman, j'ai une question à te poser. À propos de Henry… et de moi.

Il y eut un rire léger et Archie secoua la tête. Bien sûr qu'elle était au courant.

— Est-ce que tu as besoin de ma bénédiction ? Elle t'est toute acquise. C'est le cas depuis des années, tu sais.

— Maman, je t'en prie…

Il rougit d'embarras.

— As-tu jamais parlé de ça avec… d'autres personnes ?

— Si tu me demandes si j'ai propagé des ragots…

Il y avait une note de menace ici, et il en tint compte.

— Non, je sais que tu ne le ferais pas. Ce que je veux savoir, c'est si tu as parlé à quelqu'un de tes soupçons ?

— Je n'avais pas de soupçons étant donné que je connaissais déjà la vérité.

— Maman…

— Très bien. Hilary et moi en avons discuté un peu, et j'ai eu une conversation avec madame Walker il y a quelques semaines.

— C'est tout ?

— Oh, et…

Archie se gara devant les grilles. Il pressa le bouton du tableau de bord pour les ouvrir et attendit patiemment.

— Quoi ?

— Madame Silver a dit quelque chose le jour des funérailles. Je n'y ai pas prêté attention sur le coup avec tout ce qui se passait. Elle a demandé si tu allais déménager dans la grande maison, dans les quartiers de Henry.

Elle ravala un soupir.

— Plutôt malpoli, si tu veux mon avis. Alors je l'ai joué comme si j'étais stupide et je lui ai juste dit que je ne pensais pas que Henry ait besoin que son garde du corps dorme derrière sa porte.

Les grilles s'ouvraient lentement.

— Je suis presque arrivé, dit Archie, souhaitant qu'elles bougent plus vite. Est-ce que Hilary est revenue ?

— Non.

Archie jura tout bas, puis raccrocha. Il se hâta ensuite dans l'allée.

197

XXIII

LE PISTOLET qui tremblait dans la main de David fut une surprise – une surprise ridicule. La petite relique à l'extrémité retroussée bougea dans sa direction, poussant Henry à réprimer un rire hystérique.

Il avait été menacé par des hommes avec des armes automatiques. Il avait été battu et avait vu son père perdre son combat contre son cœur malade à cause d'un stress traumatisant. Et ça ? C'était presque insultant.

— Je vais appeler la police, répéta-t-il en reculant, gardant ses yeux fixés sur David. Et tu vas tout perdre.

— Je pourrais te tuer.

— Bien sûr que tu pourrais. Mais ça ne te garantirait rien, David. Pas la moindre chose. Tu n'as aucune certitude que le conseil d'administration te considérera comme le prochain PDG.

L'herbe crissa sous ses chaussures.

David releva le pistolet, le pointant dans sa direction ou, du moins, ce qui y ressemblait.

— Tu m'as connu toute ma vie, demanda-t-il finalement. Tu connaissais ma mère. Comment peux-tu faire ça ?

Le vieil homme fit un geste vague et Henry put voir sa colère fluctuer avec la tristesse, vaincue par le chagrin.

— Je n'ai jamais voulu que ton père meure, Henry. C'est la vérité. Ça n'était pas censé se passer comme ça, murmura-t-il.

Le pistolet trembla dans sa main.

— Je voulais juste qu'il voie... qu'il réalise...

— David, je t'en prie, pose ce pistolet. Nous devons mettre fin à tout ça avant que quelqu'un ne soit blessé.

ARCHIE SE précipita en haut des marches.

La porte s'ouvrit ; la tête de Hilary en sortit, un froncement de sourcils gâtant ses traits.

— Qu'est-ce qui se passe ?

— Henry et monsieur Silver sont dehors, à la porte de derrière. Je pense qu'ils sont en train de se disputer.

— Hilary, je vous en prie, prenez mon portable et appelez l'agent Feller au FBI. Dites-lui que j'ai besoin de lui parler immédiatement.

Il pressa le smartphone entre ses mains, les refermant autour de l'appareil pour qu'elle le tienne fermement.

— Dites-lui que c'est à propos du kidnapping de Henry.

— Oh, bien sûr.

Elle avait l'air aussi paniquée que lui, mais elle prit son téléphone.

Il passa près d'elle en courant et traversa à toute vitesse le couloir en direction de la cuisine.

— J'AI TOUT perdu, chuchota David.

Le pistolet s'abaissa un peu plus ; Henry recula encore d'un pas pour se rapprocher de la porte arrière.

— Je suis désolé.

Henry tenta de garder un ton calme, même si la colère courait à travers tout son corps.

— Je ne voulais pas que ça arrive.

— Bien sûr que non.

Les mots étaient amers sur sa langue. David ne le regardait même plus. Henry en profita pour se faufiler rapidement sur le petit patio en pierre. Les poutres de la pergola étaient presque devant lui. Un rapide mouvement sur la gauche et…

Il entendit un vacarme provenant de la cuisine. La porte de service s'ouvrit en grand et la silhouette d'Archie – impossible à confondre avec une autre – apparut quand il se tourna pour voir qui arrivait.

— Non ! Non ! hurla Henry en se jetant devant lui alors qu'il jaillissait tout juste de l'intérieur.

Le coup de feu explosa et Henry tressaillit, s'attendant presque à être touché dans le dos alors qu'il heurtait de plein fouet la poitrine d'Archie. Mais il n'y eut qu'un son et une odeur de poudre, ainsi que le hoquet choqué d'Archie tandis qu'un bruit sourd résonnait derrière eux.

Quand il jeta un œil, David était au sol, le visage couvert de sang.

XXIV

La police locale et les agents du bureau délocalisé du FBI remplissaient la cuisine. Henry était assis sur les marches, la tête dans les mains, alors qu'il était mitraillé de questions.

Tant de violence. Et pour quoi ? De l'argent. Quelque chose que David et lui possédaient en trop grande quantité pour rien.

Stupide. Un gâchis épouvantable.

— Monsieur Walker ?

L'agent Feller se tenait devant lui, raide comme un piquet, de ses chaussures brillantes jusqu'à sa cravate impeccable. Aucun d'eux n'avait dormi ; à l'extérieur, le soleil se levait.

— Quoi ?

Il n'y avait aucune affection entre ces deux-là.

— Monsieur Silver est sorti du bloc. Apparemment, la balle n'a touché aucun organe vital. Ils espèrent un rétablissement complet.

Henry haussa les épaules. Que devait-il répondre à ça ? Son parrain, le plus proche ami de son père – cet homme n'était que mensonges. À un moment donné, il avait même cessé d'exister. Ses machinations avaient tué Norman. Il avait quasiment orchestré un drame qui aurait pu détruire les vies de Henry et d'Archie.

Sur le plan humain, il ne voulait pas que David meure. Mais à côté de ça, il s'en fichait.

— Bien. Alors, il pourra vous révéler les raisons pour lesquelles il était derrière tout ça.

L'agent Feller hocha la tête avec raideur.

— Nous sommes en train de fouiller son domicile et son bureau.

— Son assistante se nomme Lucy. Vous devriez lui parler ; apparemment, elle a quelques couteaux à aiguiser.

Henry se frotta les yeux de la paume de sa main.

— Merci. Votre déposition…

— Cet homme là-bas… Maddox ou quelque chose… Il l'a.

Fatigué, Henry consulta sa montre.

— Autre chose ?

— Pouvez-vous venir au bureau local du FBI demain ?

— D'accord.

Henry se redressa, étirant et faisant rouler ses épaules l'une après l'autre.

— À dix heures, ça vous ira ?

— Oui, merci.

L'agent Feller pressa ses mains derrière son dos.

Henry attendit qu'il s'excuse, puis réalisa qu'il ne le ferait pas. Jamais. Oh, bien sûr, quelqu'un à la tête des agents le contacterait bientôt et userait de mots polis pour arranger les choses. Pour éviter qu'il leur fasse un procès.

Mais, au bout du compte, leurs vies avaient été bouleversées, des accusations lancées et rien ne pourrait changer ça.

— Bonne nuit.

Henry pivota sur ses talons et se dirigea vers les marches en direction de sa chambre.

L'agitation avait maintenu la maison dans un tumulte permanent durant des heures.

Chacun avait été tiré de sa chambre par le bruit du coup de feu ; Archie et Henry avaient fait tout ce qui était en leur pouvoir pour maintenir David en vie jusqu'à ce que l'ambulance arrive. Evelyn et Hilary avaient préparé du café et du thé à profusion pour la cohue de policiers et d'agents qui occupaient la maison et ses alentours. Libby avait appelé la société de sécurité, utilisant un langage rude pour qu'ils envoient du personnel garder les portes et repousser les journalistes.

À présent, la famille Walker avait plus que jamais besoin d'intimité.

Archie et lui n'avaient pu parler avant que la police n'arrive. Encore une fois, ils avaient été tenus à l'écart l'un de l'autre à cause de la bienséance et de leur rôle et Henry – tandis qu'il grimpait les marches – en avait assez. Largement assez.

Retrouve-moi à l'étage. C'était le texto qu'il avait envoyé à Archie après avoir fait sa déposition auprès du détective.

Oui en était la réponse.

Il lui avait fallu deux heures pour remplir sa déposition, mais, à présent, il pénétrait dans sa suite, claquant la porte derrière lui avec un soupir.

Il était épuisé.

— Henry ?

Venant de la chambre, Archie apparut dans le séjour, une serviette nouée autour de la taille. Il avait reçu le plus gros du sang provenant du visage blessé de David, jugulant le flot avec la manche de sa veste... Une douche s'imposait.

— Ça va ?

Henry lâcha un rire fatigué.

— J'en ai assez.

— De... ?

Archie le rejoignit à mi-chemin, au centre de la pièce.

— Des drames. Des mensonges.

Il pencha la tête sur le côté, fouillant les lignes de son visage magnifique à la recherche de quelque chose.

— D'avoir été retenu loin de toi.

Les bras d'Archie l'entourèrent, une étreinte ferme qui effaçait tout ce qui ne se trouvait pas dans leur petit cercle. Henry glissa ses mains autour de la taille svelte de son amant, respirant le parfum agréable de son gel douche sur sa peau.

— Je t'aime, chuchota-t-il dans la courbe de son cou. Et je suis désolé de ne pas t'avoir parlé avant du poste de vice-président.

— Ça n'a plus vraiment d'importance maintenant, cette histoire de boulot. Mais ce que tu as dit juste avant... ça, c'est bon à entendre, murmura Archie en retour, laissant courir ses doigts le long du corps de Henry.

Il tira sur sa chemise toujours coincée dans son pantalon.

— Par la présente, j'annule formellement l'histoire du boulot, mais j'aimerais requérir tout aussi formellement que tu deviennes mon petit-ami.

— Je le suis déjà.

Archie dégagea la chemise de son pantalon et fit glisser ses mains dessous une fois qu'elle fut libérée.

Sur la peau de Henry, leur contact était merveilleux.

— À l'extérieur de la chambre à coucher, haleta-t-il, frissonnant sous les caresses légères de ses doigts. En public.

— Euh…

Ses doigts remontèrent sur sa colonne vertébrale.

— C'est d'accord. Ouais.

Le tremblement de sa voix était la meilleure chose que Henry avait entendue de sa vie.

LA NUIT qui avait commencé de façon si horrible se transforma en quelque chose de merveilleux, du moins aux yeux d'Archie. Après la déclaration de Henry – ou sa requête – Archie l'avait doucement déshabillé, puis l'avait fait entrer dans la douche. Il en avait lui-même repris une, réticent à s'éloigner.

Et revécu un autre moment de sa vie, lorsqu'il avait eu peur pour sa sécurité.

Quand il était tombé sur David avec un pistolet à la main et que Henry s'était jeté sur lui, sur la trajectoire même de la balle, son cœur s'était arrêté.

Et puis voir David diriger l'arme sur sa tête…

Archie avait déjà vomi une fois, ce soir. Il n'avait pas envie de recommencer.

Ils se douchèrent en silence, échangeant caresses et baisers sous le jet puissant. Quand l'eau commença à refroidir, Archie ferma les robinets, puis endura l'horrible épreuve d'être poussé contre les carreaux de la douche et embrassé de façon insensée par son amant.

— Tu es incroyable et tu m'appartiens, murmura Henry contre ses lèvres, frottant leurs corps l'un contre l'autre. Et je veux que tout le monde le sache.

Le cœur d'Archie se mit à chanter.

Ils avancèrent lentement vers le lit, tirant les couvertures au-dessus de leurs têtes.

— Mon père était au courant pour nous, dit Henry sur un ton doux, tout en frottant son front contre l'épaule d'Archie. Il…

— Je sais. Enfin, je veux dire que je le suspectais. Lorsqu'ils ont lu le testament.

Henry hocha la tête.

— David l'a confirmé. C'est la raison pour laquelle il a changé le testament en premier lieu.

Sa voix trembla légèrement quand il ajouta :

— C'est à cause de ça que David a orchestré le kidnapping.

Les conséquences semblaient lourdes dans leur petit cocon. Archie enroula leurs jambes ensemble, se perdant dans ses cheveux, à la base de son crâne.

— C'est pour ça qu'il est mort…

Henry voulut poursuivre, mais Archie secoua rapidement la tête.

— Non, non : il est mort parce qu'il avait le cœur malade et qu'il a traversé une expérience terriblement stressante. Tu n'as rien à voir là-dedans. Rien du tout, lui assura Archie. Je ne veux pas que tu t'en veuilles.

— Ni que j'en veuille à David, chuchota-t-il.

Archie acquiesça, pressant un baiser sur son front.

— Songe au fait que ton père savait et qu'il aurait approuvé. À sa manière à lui.

Henry avala sa salive et baissa la tête, ce qui fait qu'Archie ne vit que le haut de sa tête.

— Je me dis qu'il voulait peut-être que je sache que je pouvais partir avec toi.

— Tu le pourrais, murmura Archie. Comme je pourrais moi aussi rester. Avec toi.

— Oui. S'il te plaît.

Ils restèrent silencieux un long moment jusqu'à ce que le sommeil titille Archie et que Henry respire profondément contre son bras.

En se réveillant, Archie réalisa qu'il était seul dans le lit. Des murmures attirèrent son attention. Il repoussa les couvertures en s'asseyant.

Henry était à la porte de la chambre, en robe de chambre, et parlait à quelqu'un – Libby, pour ce qu'il pouvait voir. Il paniqua une seconde – peut-être aurait-il dû se cacher ou s'enfuir de la chambre –, mais il se força à rester tranquille. Pour voir si la résolution de Henry allait perdurer.

— Je dois me rendre au bureau du FBI ce matin, dit ce dernier tout en pivotant sur ses talons.

La porte resta ouverte, avec la silhouette de Libby – déjà habillée et maquillée – qui s'encadrait dans la porte. Elle lui fit un petit signe de la main.

— Nous devrions probablement descendre pour manger avant.

Tout était si normal. Archie sourit largement.

— Donne-moi dix minutes pour m'habiller.

— Parfait, jeta Libby.

Elle tapota le bras de Henry avant de disparaître.

Tout était normal.

— Je suis désolé, je ne t'ai pas posé la question. Tu es d'accord pour m'accompagner ?

Henry referma la porte, puis joua avec la ceinture de sa robe de chambre. Il avait l'air si jeune qu'Archie cligna des paupières, tentant de régler sa vision.

Non, même au second regard, on voyait qu'il avait l'air plus jeune.

— Évidemment.

Archie se débarrassa des couvertures.

— Alors je... Est-ce que tu veux aller à l'hôpital ?

Henry s'immobilisa, accordant visiblement le temps de la réflexion à cette idée.

— Peut-être. Je ne sais pas encore.

— Je te redemanderai plus tard.

Ils s'habillèrent dans un style simple et confortable pour le reste de la journée. Paul avait garé la limousine devant le domaine ; les journalistes se pressaient aux grilles. Il voulait quelque chose qui occupe les regards indiscrets. Un second véhicule, conduit par un agent de sécurité, suivrait et s'éloignerait pour aller en ville, entraînant avec lui les paparazzis afin de s'en débarrasser.

Leur petit-déjeuner tardif fut rapide et silencieux ; Libby ne les rejoignit pas, et Hilary était en train de diriger une équipe de nettoyage autour de la maison.

Evelyn vint partager un café quand ils s'assirent à table.

— Comme au bon vieux temps, dit-elle pendant que les hommes dévoraient leurs œufs et leurs toasts.

Ils se jetèrent un regard.

— Je veux des petits-enfants.

Archie lâcha sa fourchette.

Ils tentèrent de garder le cœur léger, mais il était impossible de rater les hommes en combinaison blanche derrière la fenêtre arrière, en train de nettoyer le sang sur le sol. La tentative de suicide de David Silver et les révélations pesaient lourdement sur la maison. Avant leur départ, Libby vint les rejoindre à la porte en se tordant les mains.

— Henry ? Je voulais juste que tu saches… J'ai acheté un billet pour Hawaï.

— Oh. D'accord.

Henry tendit la main pour effleurer son bras.

— Un break loin d'ici te fera le plus grand bien.

— Je n'ai pas encore pris de billet de retour.

Elle se mordit les lèvres.

— J'ai juste… oui. J'ai besoin de passer du temps loin d'ici. Surtout en ce moment.

Le scandale allait être de la folie.

En dépit du protocole, il l'attira à lui pour l'étreindre.

— Prends soin de toi, d'accord ? Et sache que ton foyer est ici, peu importe quand tu souhaiteras rentrer.

Les mots lui serrèrent la gorge ; il s'inquiétait pour sa belle-mère et il savait que le chagrin qu'ils partageaient serait quelque chose qui les lierait à jamais l'un à l'autre.

— Merci, Henry. Et je t'en prie… viens me rendre visite. Toi aussi tu pourrais prendre des vacances.

Elle eut un rire humide en se détachant de lui.

— Tous les deux, ajouta-t-elle en s'adressant à Archie qui était appuyé contre la porte.

— Je lui ai déjà promis Hawaï, dit Henry avec un petit sourire.

Il la pressa une dernière fois contre lui.

— Génial.

Ils échangèrent encore d'autres promesses ; Libby ne serait plus là quand ils reviendraient.

Cette pensée les rendit silencieux tandis qu'ils se glissaient hors de la maison jusqu'à la limousine.

XXV

FINALEMENT, LA visite au bureau du FBI fut la partie la plus facile.

Les recherches confirmèrent l'implication de David dans le kidnapping, sous la forme de paiements et d'informations logistiques. Des voyous embauchés et malheureusement tués lors de l'intervention du SWAT à l'hôtel.

Parler à Rebecca Silver – puis à Lucy, l'assistante méprisée – avait permis de remplir les blancs. Durant toutes les visites de David au domaine, sans que personne ne le questionne jamais sur les raisons de sa présence, il avait été facile de laisser tomber les stéroïdes dans son café ou son eau lorsqu'il abandonnait distraitement son verre en travaillant.

Les agents Maddox et Feller expliquèrent tout à Henry tandis qu'il était assis dans le siège visiteur de leur bureau.

C'était fini.

Ils avaient toutes les réponses aux questions de l'enquête.

Bien sûr, rien ne justifiait le « pourquoi » – pourquoi David s'était retourné contre son meilleur ami et son filleul. Quand il se réveillerait, peut-être partagerait-il cette information. Ou peut-être étaient-ils condamnés à ne jamais le savoir.

Henry quitta les lieux pour retrouver Archie perché sur le bord d'une table dans un bureau vide. Il avait l'air d'un éléphant dans un magasin de porcelaine, mourant d'envie d'être n'importe où ailleurs qu'ici.

— Allons-y, dit Henry.

— Où ça ?

Henry réfléchit à l'endroit où ils pourraient se rendre. Le domaine était rempli de mauvais souvenirs, son appartement surveillé par les paparazzis. Le bureau – mon Dieu, non. Il s'occuperait de ça dès le lendemain. Il avait déjà appelé Kit et lui avait demandé d'envoyer à la maison tout ce qui était essentiel et en rapport avec les ressources humaines, et de laisser le service des relations publiques s'occuper des appels de la presse.

Pour l'instant…

— Allons chez toi.

La limousine les laissa à trois rues de l'appartement d'Archie dans le Lower East Side. Ils avaient visiblement semé les journalistes qui les pourchassaient. Dans la cohue d'habitants et de touristes, Archie et Henry n'étaient que deux hommes qui se tenaient par la main en descendant la rue.

— Déjeuner ?

Henry secoua la tête.

— Je veux juste profiter d'un court répit en privé.

Ils errèrent un peu, juste au cas où, avant d'arriver devant la porte du petit bâtiment qu'Archie appelait son foyer. Il ne s'y était pas rendu depuis des jours. C'était assez évident quand on voyait la boîte aux lettres qui débordait de courrier et les piles de journaux qui s'entassaient sur le sol du hall d'entrée.

Ils ramassèrent le tout, puis marchèrent jusqu'au quatrième étage, là où il louait un petit studio.

— On pourra commander quelque chose plus tard, proposa-t-il en jetant un œil à Henry tandis qu'ils grimpaient les escaliers.

— OK.

Il lui sourit, coinçant une mèche de cheveux derrière son oreille.

— Je n'étais jamais venu ici.

— Je sais, c'est étrange. Alors… euh… Est-ce que tu vas garder ton appartement ? Ou t'installer au domaine ?

Archie tripota le verrou ; Henry en profita pour se presser contre son dos.

— Je ne veux pas vivre à la maison. Il se peut que je reste dans l'un des appartements de la société pendant un temps, jusqu'à ce que les journalistes se fatiguent.

— Hummm, répondit Archie, évasif.

La porte finit par s'ouvrir et Archie se glissa à l'intérieur.

— Ou que tu achètes un nouvel appartement.

Il alluma les lumières avant de jeter le courrier et les prospectus sur la table de la cuisine.

— Je te ferais bien visiter, mais il n'y a que ça.

— On a besoin d'un endroit plus grand.

Henry se tenait au centre de la pièce, près du canapé convertible, encadré par une large fenêtre située derrière lui.

Tentant de ne pas sourire, Archie marcha paresseusement vers lui.

— Es-tu en train de me demander d'emménager avec toi ?

— Je pourrais te l'ordonner, mais ce serait mal poli.

L'étincelle dans son regard donna chaud à Archie et fit monter le désir en lui.

— C'est assez sexy.

— Hum. OK, alors je te demande de bien vouloir emménager avec moi. Et je voudrais également que tu me fasses l'amour tout de suite.

— Oui, Monsieur.

— Vas-tu venir travailler chez WalkCom ?

— Non.

— Vas-tu venir vivre avec moi ?

— Oui.

— Est-ce que tu vas réussir à gérer ma tendance à me comporter comme un bourreau de travail, ainsi que le fait que je n'ai aucune idée de la manière dont on devient un bon petit ami ?

— Oui. À grands coups d'avertissements, et je te botterai les fesses, si nécessaire.

— D'accord.

— Vas-tu m'aimer pour toujours et donner des petits-enfants à Evelyn ?

Le rire de Henry et ses joues écarlates devinrent soudain la vision la plus précieuse et la plus belle qu'Archie pouvait imaginer.

— Je t'aime, finit-il par avouer en touchant ses lèvres avec révérence. Pour toujours. Nous parlerons des petits-enfants dans quelques années.

— OK, mais c'est toi qui devras le lui apprendre, alors.

Tere Michaels a commencé à écrire de façon non officielle à l'âge de quatre ans, quand elle a découvert que l'on pouvait être payé pour raconter des histoires. Elle a alors compris qu'il s'agissait du métier parfait, le plus logique du monde. Après ça, son chemin fut tout tracé.

(La partie « écrivain de romance » devait être gravée dans marbre, car Tere est née le jour de la St Valentin.)

Il lui a fallu trente-six années de « recherches » et « d'expérience de vie » et, bien sûr, d'existence tout court, avant qu'elle ne publie son premier livre, mais elle n'en conçoit aucun regret. (Elle ne croit pas aux regrets). Tout au long de son parcours, elle a exercé plusieurs métiers intéressants dans la télévision, l'animation, l'éducation des arts, les relations publiques et même dans un magazine national, mais elle n'a jamais cessé de croire qu'elle pourrait un jour gagner sa vie en écrivant des histoires d'amour.

Elle est membre du Rainbow Romance Writers et du Liberty States Fiction Writers. Son foyer est basé dans une petite ville du New Jersey, proche de New York, une ville qu'elle aime profondément. Elle partage sa vie avec son époux, leur fils adolescent – qui ne cessera jamais de grandir – et deux chats trop gâtés. Son temps libre, elle le passe à regarder beaucoup trop de sport à la télé, à aller voir des films, à courir ou marcher au parc, à lire la sélection de son club de lecture et à faire du bénévolat.

Rien ne la rend plus heureuse que de savoir qu'elle a fait rire, sourire ou pleurer un lecteur. C'est tout l'intérêt de partager son travail avec les autres. Elle adore échanger avec les fans et les autres auteurs, et se rend toujours disponible pour s'exprimer en public, faire des visites ou participer à des ateliers de travail.

Vous pouvez la trouver ici :
Site internet : www.teremichaels.com
Twitter : @teremichaels
Facebook : www.facebook.com/tere.michaels.9

Par TERE MICHAELS

L'héritier

Publié par DREAMSPINNER PRESS
www.dreamspinner-fr.com

www.ingramcontent.com/pod-product-compliance
Lightning Source LLC
Chambersburg PA
CBHW031027260626
47153CB00017B/2482